KB062604

힘들 때
시

TEN POEMS FOR DIFFICULT TIMES

힘들 때 시

펴 낸 날 | 2019년 5월 20일 초판 1쇄

지 은 이 | 로저 하우스덴
옮 긴 이 | 문형진
펴 낸 이 | 이태권

책임편집 | 최선경
책임미술 | 양보은
물류책임 | 권 혁
펴 낸 곳 | (주)태일소담
　　　　　서울특별시 성북구 성북로66 3층 301호 (우)02835
　　　　　전화 | 02-745-8566~7　　팩스 | 02-747-3238
　　　　　등록번호 | 1979년 11월 14일 제2-42호
　　　　　e-mail | sodambooks@naver.com
　　　　　홈페이지 | www.dreamsodam.co.kr

ISBN　　979-11-6027-155-3 03800

이 도서의 국립중앙도서관 출판시도서목록(CIP)은 서지정보유통지원시스템 홈페이지
(http://seoji.nl.go.kr)와 국가자료공동목록시스템(http://www.nl.go.kr/kolisnet)에서
이용하실 수 있습니다.(CIP제어번호: CIP2019016967)

• 책값은 뒤표지에 있습니다.
• 잘못된 책은 구입하신 곳에서 교환해드립니다.

힘들 때
시

아픈 세상을 걷는 당신을 위해

로저 하우스덴 | 문형진 옮김

| 차례 |

| 머리말 |

어려운 시기에 '시'가 필요한 이유

시는 기쁨이나 슬픔, 고뇌, 희망, 사랑, 갈망과 같은 인간 내면의 깊은 감정을 표현하는 간결하면서도 자연스러운 방법이다. 인간이 언어로 표현할 수 있는 여러 방법 중에서도 아주 특별한 것이기에, 인류는 시를 통해 감정을 공유하고 서로 공감한다. 2001년 9.11 테러가 발생하고 고작 몇 주가 지났을 즈음, 나는 맨해튼으로 거처를 옮기고 있었는데, 그 당시 도시의 모든 벽마다 시가 적혀 있었던 진풍경을 본 기억이 난다. 그때로부터 십수 년이 지난 지금까지, 나는 시의 영향력을 충분히 경험했고, 지금도 책상에 홀로 앉아 또 다른 '10편의 시' 시리즈를 마무리 짓고 있다. 그럼에도 불구하고 나는 스스로에게 질문하게 된다. "내가 시간을 낭비하고 있는 것은 아닐까?"라고.

지금 우리는 위기 속에 살고 있다. 아니, 우리가 사는 세상은 언제나 그래왔다. 그뿐 아니라, 우리 개인에게도 근심과 걱정은 아주 흔한 일상이 되었다. 그렇기에 어쩌면 나의 시간을 시를 찾고 감상하는 것보다 좀 더 현실적이고 실용적인 일에 쓰는 것이 옳은 결정일지도 모른다. 이를테면, 아프리카로 가서 구호 프로젝트를 시작해보는 것은 어떨까? 아니면 지구 온난화를 막기 위해 개개인의 이산화탄소 배출을 줄일 획기적인 방법을 찾아서 다른 이들도 동참하도록 격려하는 것과 같은 작은 실천은 어떨까? 그러나 삶은 참 오묘하다. 더 나은 사회를 만들기 위해 노력하는 이들처럼 나도 무엇인가를 열심히 하려다 보니, 오히려 시에 관한 책들을 더 많이 쓰게 되었으니 말이다.

나에게는 확신이 있다. 그렇기에 계속해서 글을 쓰고 있는 것이다. 훌륭한 시에는 읽는 이의 마음속에 불씨를 피우는 힘이 있다고 나는 확신한다. 위대한 시는 우리가 스스로를 바라보는 관점을 변화시키고, 세상을 바라보는 시각을 달라지게 한다. 당신이 평생 단 한 번도 시를 읽어 본 적이 없다고 가정해보자. 우연한 기회에 당신은 시집 한 권을 발견하고 아무 페이지나 펼쳐서 읽었다. 과연 어떤 일이 벌어질까? 곧 압도하는 경외심이나 두려움, 감탄스러움, 경이로움, 어쩌면 깊은 슬픔이나 찬란한 기쁨으로 가득한 시의 세계에 빠져든 스스로를 발견하게 될 것이다. 시는 우리 삶에 있어서 그럭저럭 중요한 요소가 아닌 필수적인 것이다. 특히 어둡고 힘든 시기를 살아가는 현대인에게는 더더욱 그렇다. 시를 읽고 쓰는 것은 강력한 행위일 뿐 아니라(심지어 파괴적인 방향으로도), 큰 변화를 만들어 내기 위한 우리의 작은 행동이기도 하다.

　시에는 변화를 이끌어내는 힘이 있다. 그 힘이 충분히 발휘될 수 있다면, 우리 내면의 깊은 부분까지 들어와 그것이 격려하고자 하는 이상적인 삶을 이룰 수 있게 우리를 돕는다. 고정관념과 아집, 혹은 두려움으로부터 오는 안일함을 깨고 감히 그것에 맞설 수 있도록 우리에게 용기를 북돋는다. 시인 메리 올리버의 표현 속, 하늘에서 당신을 향해 격하고 뜨겁게 소리치는 기러기들처럼 당신에게 외친다.° 시는 마치 언어로 이루어진 마법의 주문 같아서(언제나 그래왔다) 우리의 눈을 뜨게 하고, 마음의 문을 열게 하고, 전혀 꿈꿔보지 못한 더 큰 세계로 우리를 초대한다. 어쩌면 시는 위험한 것일 수도 있다. 시가 우리 마음에 직접 이야기할 때, 우리는 결코 예전으로 돌아갈 수 없으니 말이다. 나는 한 편의 위대한 시를 읽으며 내 삶의 진짜 모습과 마주한 적이 있다. 마음의 문이 열리면서 전부터 어렴풋하게 느껴졌지만 말로는 표현할 수는 없었던 그것이 점점 명료해지고 확실해지는 경험이었다. 그것이 무엇이든 이와 같은 능력을 가졌다면, 그것이야말로 인생에 있어서 필수적이라고 할 수밖에 없다.

° 메리 올리버가 1986년에 발표한 시집 《드림워크》에 수록되어 있는 시 〈기러기〉 속의 표현이다_옮긴이

'poet(시인)'라는 단어는 'maker(만드는 사람)'라는 어원으로부터 왔다. 언어를 어떤 형태로 만들어내는 사람을 일컫는 말이다. 'maker'라는 단어는 어원적으로 'matrix(모체, 자궁)'와 'magic(마법)'이라는 단어와 같은 뿌리를 가지고 있다. 좋은 시의 소리(음조)와 리듬(운율)은 문자 그대로, 주문을 시전하는 것과 같다. 그 주문이 우리를 진정시키거나 동요하게 만든다. 우리의 생각과 마음을 들었다가 놓았다가 한다. 시인은 언어와 이미지로 창조해낸 기운, 분위기, 전율 속으로 우리를 빠져들게 한다. 시인의 내공이 깊을수록, 그 솜씨가 탁월할수록, 그의 주문은 우리를 최상의 모습으로 인도한다. 이것이 오늘날 우리에게 시가 꼭 필요한 또 하나의 이유이다. 지금 우리는 그 어느 때보다 최상의 모습을 가진 우리를 필요로 하는 시대에 살고 있지 않은가?

시는 우리의 상상력을 소생시킨다. 백 년 전, 아일랜드 출신의 시인이자 극작가였던 예이츠가 살았던 시대에는 무엇을 상상하는 일이 오늘날보다 훨씬 일상적인 행동이었다. 하지만 오늘날의 상상력은 많은 것들에 둘러 막혀 있다. 각종 거짓과 속임수로 물든 정치 지도자들은 지금 우리의 세상을 조지 오웰의 소설 《1984》° 와

°《1984》는 1949년에 출판된 조지 오웰의 디스토피아 소설이다. 전 세계는 영구적으로 전쟁 중이며 지배자 계급은 모든 시민들의 사상과 행동을 통제하고 시민들은 24시간 감시당하는 채로 살아가는 암울한 미래의 1984년을 그리고 있다. 2017년 미국의 트럼프 대통령 취임식 전후로 이 소설의 판매량이 폭증했다고 한다_옮긴이

다를 바 없는 세상처럼 만들어버렸다. 우리는 거짓과 진실이 뒤섞인 홍수 속에 살고 있고 그것들을 구분해내야만 하는 시험 속에 살고 있다. 페이스북, 트위터와 같은 SNS를 통해 전달되는 각종 의견과 생각들에 둘러싸여 정확한 진실과는 무관한 가상의 세계에 우리의 관심을 빼앗기기도 한다. 인간은 현실의 자연환경과 멀어질수록, 또 지역 사회 안에서의 교류가 적어질수록, 화면이나 온라인으로부터 전달되는 정보에 의존하며 삶의 경험을 쌓으려는 경향이 있다.

그래서 무언가를 상상하고 그려내는 행위가 눈 씻고 찾아봐야 할 정도로 드물어졌다고 느끼는 위기감은 어찌 보면 당연한 것이다. 우리의 상상력은 오래된 나무뿌리 냄새나 대화 소리, 개 짖는 소리, 아이 울음소리와 같은 일상적인 것들로부터 생겨난다. 그리고 그런 상상력은 곧 시의 동력원이 된다. 시는 이러한 현실 세계의 재료를 사용하고 사물이나 사람 속에 겹겹이 숨겨진 의미를 찾는다. 칠레의 시인 파블로 네루다는 레몬, 양말, 게으름, 토마토, 소금 등을 위한 송가를 지었다. 시는 천상세계 같은 고급스러운 주제가 아닌 주변의 사소한 것들도 우리의 찬송과 경외심을 불러일으키기에 충분한 진실과 아름다움이 있다는 것을 깨닫게 해준다.

시는 우리로 하여금 주변에 지속적인 관심을 가지게 함으로써 세상을 망각으로부터 지켜낸다. 우리의 관심은 우리 주변 세계의 것들을 존중하고 그들에게 적절한 이름과 가치를 부여한다.

특히, 무심코 지나칠 수 있는 것들이 의미 있는 존재가 되도록 만든다. 내가 관심을 기울일 때, 내 안의 무언가를 일깨워 내가 아는 나의 모습보다도 훨씬 진실한 스스로를 마주하게 된다. 내가 주의를 기울일 때, 인생의 깊은 본질로 곧장 다가가는 나 자신을 발견하게 된다.

한 사람의 고유한 목소리로 메시지를 전달한다는 점에서, 시는 모든 것을 점점 균일화시키는 현대문화의 반대편에 서 있다고 볼 수 있다. 과거 어느 때보다 시문학 페스티벌, 슬램°, 낭송모임, 창의적인 글쓰기 수업들이 활발해진 원인에는 모든 것을 획일화, 상품화하는 현재의 시대적 상황도 있을 것이다. 시는 지은이의 영혼이라고 할 수 있을 만큼 대체 불가능한 그 사람만의 주관적, 감각적 표현이다. 그것은 시인이 직접 그 세계로 들어가 자신의 눈을 통해 세상을 바라보고 느낀 감각을 오직 본인만이 할 수 있는 가장 알맞은 언어로 소환해낸 작품이다.

일상적인 언어 표현은 이런 역할을 잘 해내지 못한다. 그러나 시는 음조와 운율을 통해서 상상을 깨우고 풍성하게 만드는 의식의 영역까지 도달한다. 시는 상상의 언어이고 예언자의 외침과도 같다. 그 속에는 본질적으로 우리를 서로 끈끈하게 연결해주는

° 포에트리 슬램Poetry Slam 혹은 슬램Slam이라고 줄여서 부른다. 참가자가 직접 창작한 자유시를 랩을 하듯 역동적으로 낭독하는 퍼포먼스이자 시 낭송 대회이다_옮긴이

깊은 인간다움이 있다. 비록 그 모습은 여러 가지 다른 형태로 보일지라도 말이다. 예를 들어, 우리는 아플 때 누군가에게 평소 말투로 "나 몸이 좋지 않아."라고 말한다. 하지만 이것은 듣는 이에게 많은 정보나 느낌을 전달해주지 않는다. 그래서 시인 로버트 로웰은 이렇게 표현했다.

> 내 몸의 피가 흐르는 모든 곳에서, 나의 아픈 영혼이 흐느끼는 것을 듣는다
>
> 원문 | I hear my ill spirit sob in each blood cell

시는 형언할 수 없는 것을 형언한다. 로웰은 그가 겪는 고통의 성격에 대해 분명히 표현한다. 몸으로 퍼져가는 영혼의 아픔이라고 말한다. 시인 마크 도티가 〈목소리의 물결: 지금 시가 중요한 이유〉라는 연설에서 말했듯이, 로웰의 아픔은 의인화되어 흐느끼고 있다. 그 흐느낌은 12개의 모음 사이에 배치된 알파벳 B(sob, blood)와 L(ill, blood, cell)의 두운법으로 강조된다. 이러한 느낌을 가지고 이 문장을 읽을 때, 도티의 언급처럼 '흐느끼는 듯'한 진하고 무거운 분위기를 내는 것이다. 얼마나 그 느낌이 잘 전달되는지 여러분도 한 번 읊어보라. 로웰은 단지 그가 아프다는 사실만이 아닌 내면의 경험을 우리에게 전하고 있다.

로웰의 문장은 그 특유의 자의식으로부터 나온다. 대체 불가능한 로웰의 영혼이다. 다른 누군가는 또 다른 자신만의 방법으

로 아픔에 대해 말하려 했을 것이다. 여기 고열로 고통받는 시인 실비아 플라스가 있다.

> 나의 몸은 등불 —
> 나의 머리는 달
> 초롱불을 둘러싼 종이같이, 금박처럼 얇게 펴내려간 나의 피부
> 한없이 섬세하고 한없이 값비싸다°

비유적 표현이 줄줄이 이어진다. 그녀는 이미 자신의 신체를 빠져나와 다른 무언가로 변해버린 듯하다. 처음에는 등불, 그 다음은 달.

로웰의 표현과는 확연히 다르지만 이 역시 '아프다'라는 막연하고 둔감한 의미로부터 자신만의 언어로 만든 또 하나의 세상이다. 차이점은 서로 다른 두 시인의 목소리라는 것뿐이다. 시인의 목소리를 통해서 주관적인 인식이 그만의 독특한 표현으로 전달되고 있다.

플라스가 어떻게 등불을 떠올리게 되었는지 누가 이해하겠는가? 그녀 자신도 몰랐을 수 있다. 시는 마치 영혼을 향해 열린 창문과도 같아서 자신과 주변에 대해 깨닫지 못했던 것들에게 경

°실비아 플라스, 〈고열 39.4°〉, 《실비아 플라스 시모음집》

의를 표하게 한다. 마치 땅속 깊은 곳의 샘으로부터 솟아올라 언어가 가진 힘으로 형체를 갖추고 상상과 비유로부터 날개를 얻어 자유롭게 날아다니는 것이다. 만약 모든 것이 속속들이 알려진 세상이 있다고 생각해보자. 그 곳은 아마도 궁금증이나, 놀라움이나, 다른 어떤 가능성도 없는 죽은 세상일 것이다. 종종 나의 상상력과 감성이 메말랐을 때, 나는 실제로 세상이 죽은 것처럼 느껴진 적이 있다. 그러한 상황에서 시는 마치 잊힌 세계를 향해 돌아오는 불사조처럼 느껴졌다. 틀림없이 우리 모두가 그렇게 느낄 것이라고 확신한다.

시는 우리 모두가 아는 단어를 사용하면서도 우리가 평소에 사용하는 어법에서 벗어난 예상치 못한 배열과 순서를 사용한다. 상상력과 지식, 영감과 노력을 독창적인 방식으로 배합하여 우리가 이미 알고 있다고 생각한 세상에서 삶을 재조명하고, 새로운 생명의 호흡을 불어넣으며, 새로운 것을 바라보고 음미하게 한다. 시는 우리로 하여금 삶을 가감 없이 맛보게 한다.

이 책에 수록된 작품들은 나를 흔들어 깨운다. 시는 읽는 이(나를 포함해서)의 눈에 불완전해 보였던 세상을 향해 그 특유의 세심함과 통찰력, 사랑을 불어넣는다. 그런 시를 읽음으로써 우리는 새로운 세상과 새로운 자신을 향해 눈을 뜬다. 특히, 소리 내어 읽으면서 입술로 울림을 만들고 호흡으로 리듬을 만든다면 우리 자신을 더욱 온전한 모습으로 만들어 갈 수 있다. 시인 제인 허쉬필드는 이렇게 말했다. "그 시가 뉴잉글랜드 초월주의자들의 것인지, 혹은 북극의 에스키모들로부터 왔는지, 누가 썼는가는 중요치 않다. 나는 내가 읽은 모든 시를 통해 인생을 아는 지혜가 깊어지는 것을 경험했다."

존 키츠 또한 인류가 인류다워지는 힘에 대해 말했다. "시는 읽는 사람이 예상치 못한 최상의 표현으로 감동을 주어야 하고, 마치 기념일처럼 여운을 남겨야 한다."°

겨우 그뿐이냐고 당신은 말할 지도 모른다. 시는 인류애를 전파할 수도, 우리를 영혼의 통찰력과 깨달음의 경지로 인도할 수도 있다. 하지만 권력, 탐욕, 폭력에 집착하는 세상을 바꾸기 위해 시는 무엇을 하였을까? 불법적이고 불합리한 일들이 벌어지는 것에 대해서는 과연 무엇을 하였을까? 이런 논쟁은 수 세기 동안 끊임없이 회자되었다. 그러나 나는 그동안의 인류 역사 속에서 시와 문학이 가진 부정적인 영향력을 우려한 나머지, 그것들이 주기적으로 금기시되었다는 사실을 주목해야 한다고 생각한다. 만약 시와 문학이 인류애에 대한 영향력을 가지고 있다면, 자유와 정의를 억압하고 통제하려는 통치제도와 이데올로기에 맞서 싸우려 할 것이다. 이 책에 수록된 〈이쪽 길입니다〉의 시인 나짐 히크메트는 그의 신념 때문에 터키 감옥에서 18년을 보내야만 했다. 시가 서로 다른 세상과 다른 생각, 다른 사람, 다른 사물

° 1818년 2월, 존 키츠가 존 테일러에게 쓴 편지.《키츠: 시와 편지들》

들을 서로 소통하게 했기 때문이다. 시는 인간으로 하여금 타인
들과 공감대를 형성하고 삶의 모든 생명체에 감정을 이입하게 만
든다. 인류는 감성이 가득한 시를 통해, 타인과 모든 생명에게 친
밀감을 느끼게 되고 폭정의 파괴적 억압과 압제로부터 점점 멀어
지게 된다.

스탈린은 강제수용소를 이용해 러시아를 그 영혼으로부터 분
리하려고 했다. 수용소에 갇힌 시인 오시프 만델스탐은 그의 수
첩에 "이런 상황에서도 시인으로 남기 위해"라고 말하며 그의 동
료 죄수들을 위해 시를 쓰고, 그들의 영혼을 다시 살리려 하였다.
미국의 소설가 솔 벨로는 이렇게 말했다. "정치의 심장까지 도달
하기 위해 시를 쓴다. 인간의 감정, 인간의 경험, 인간의 모습과
얼굴을 본래의 자리로 되돌리려면 말이다."°

결국, 정치란 궁극적으로 인간의 감정과 인간의 모습에 관한
것이 아닐까? 시는 인간성이 배제된 집단적 전투를 향해 인간 본
연의 얼굴을 찾게 해주면서, 비록 지금의 인간 세상이 완벽하지
는 않지만, 그래도 여전히 아름답다고 상기시켜준다. 바로 이것
이 《힘들 때 시》가 맡은 역할일 것이다. 미국의 추상표현주의 화
가 잭슨 폴록이 묻혀 있는 롱아일랜드의 공동묘지 주춧돌에는 하
나의 글귀가 적혀 있다. 나는 이 구절이 슬픔에 빠진 모든 인류를
위한 시의 가치와 필요성을 제대로 담고 있다고 생각한다. "예술

° 아자르 나피시, 《테헤란에서 롤리타를 읽다: 회고록》

가와 시인은 인류애의 마지막 형체이다. 그들만으로는 인간다움을 유지하는 데에 큰 도움이 되지 않겠지만, 만약 그들이 없다면 세상은 아마도 인간다움을 유지해야할 필요조차 없을 것이다."

1장

。

우리 아이들에게
말하지 말라

좋은 뼈대
Good Bones

매기 스미스

Maggie Smith · 1977-

인생은 짧다, 비록 내 아이들에겐 이것을 비밀로 하겠지만.

인생은 짧다, 그리고 흘러간 내 삶은 더 짧아졌다

수없이 달콤하고, 어리석은 짓들로 인해,

달콤하고도 어리석은 수많은 행동들

내 아이들에겐 비밀로 할 것이다. 세상은 적어도

오십 퍼센트는 끔찍한 곳, 그조차도 긍정적으로

바라본 평가인 것을, 비록 내 아이들에겐 이것을 비밀로 하겠지만.

많은 새들 중에는 던진 돌에 맞는 새도 한 마리 있을 것이고,

많은 사랑받는 아이들 중에는 부서지고, 자루에 담겨,

호수에 버려지는 아이도 있는 법. 인생은 짧다, 그리고 세상은

적어도 절반은 끔찍하다, 그리고 많은 낯선 사람들 중에는,

당신을 부수고 넘어뜨리려는 이도 하나쯤 있을 것이다.

내 아이들에겐 이것을 비밀로 하겠지만. 나는 아이들에게

세상을 영업하는 중이다. 노련한 중개인이라면 그 누구라도,

진짜 형편없는 곳을 당신에게 보여줄 때, 재잘거릴 것이다.

이래 봬도 여기가 뼈대는 좋다고. "이곳은 보기보다 훨씬 멋진 곳이랍니다.

그렇죠? 당신이라면 이곳을 멋지게 만드실 수 있어요."

우리 아이들에게 말하지 말라

순전히 우연한 계기로, 마침 그 시대의 흐름에 딱 맞는 목소리를 냄으로써, 세간의 주목을 받는 작품을 출판하는 것은 글을 쓰는 사람이라면 누구라도 꿈꾸는 일이다. 비통한 일이든 혹은 축제를 벌일 만한 일이든, 예상치 못한 사건이 때때로 나라 전체를 떠들 썩하게 만들 때가 있다. 만약 어느 날 밤, 하늘의 달이 초록색으로 빛난다면, 사람들은 모두 거리로 뛰어나와 하늘을 올려다보며, 도저히 다물어지지 않는 입으로, 초록빛 달을 향해 즉흥시 한 구절을 지어 탄성처럼 읊조릴지도 모른다.

　시인도 여느 사람과 다를 바 없다. 바람이 어디서 어디로 부는지 전혀 알지 못한다. 그녀의 작품이 한 번도 빛을 보지 못하고 영원히 어둠 속으로 사라지는 운명에 처해질지, 아니면 전혀 예상치 못한 일련의 사건들로 인해 생겨난 대중들의 생각과 기분을 절묘하게 대변하여 여기저기 화끈한 입소문을 타고 인기를 누리게 될지 전혀 알 길이 없다. 하지만, 시인이 이 시를 쓸 당시에는 아무런 사건도 일어나지 않았다. 시인의 머릿속엔 오직 다음 행을 쓰기 위한 생각뿐이었다.

2015년 여름, 오하이오 주립대학교 순수예술 석사과정 중이었던 프리랜서 작가이자 편집자인 매기 스미스는 학교에서 멀지 않은 고향 벡슬리의 한 스타벅스 안에 앉아 있었다. 그녀는 새로운 시 한 편의 첫 줄을 적었다. ─ "인생은 짧다, 내 아이들에겐 이것을 비밀로 하겠지만." 시의 나머지 부분도 순조롭게 이어져, 커피숍을 떠날 때쯤엔 그녀의 손에 완성된 시 한 편이 들려있었다.

그로부터 1년 후인 2016년 6월, 플로리다주 올랜도의 펄스 나이트클럽에서 총을 든 한 남자가 49명을 사살하는 사건이 발생했고, 영국의 정치인 조 콕스가 북부지역 선거구 모임 중 대낮에 저격당하는 사건이 일어났다. 그 때는 매기 스미스의 〈좋은 뼈대〉가 온라인 문학 저널 〈왁스윙〉에 게재된 시기였다.

이 시의 메시지에 감동을 받은 한 사람이 페이스북에 시를 올렸고 또 그것을 브루클린의 한 음악가가 읽고 자신의 트위터로 옮겼다. 그 시에 대한 기사들이 〈가디언〉, 〈슬레이트〉 등의 신문과 잡지에 실리면서 삽시간에 전 세계로 퍼졌다.

그 후 그녀의 시는 인도의 한 무용단에 의해 하프와 노래를 위한 악보로 재해석되어 스페인어, 이탈리아어, 프랑스어, 한국어, 힌두어, 타밀어, 텔루구어, 말레이시아어로 번역되었다. 이전까지 오직 시문학 애호가들 사이에서만 이름이 알려졌던 매기 스미스는 〈좋은 뼈대〉로 인해 갑자기 전 세계적인 유명인사가 되었고 몇 달 후, 미국과 유럽 전역의 북 페스티벌과 강연회 등에 강연자로 초청되었다. 또한 미국 공영 라디오 방송사인 PRI은 그녀의 시를 2016년 '올해의 시'로 선정하였다. 곧이어 2016년 미국 대선 쇼크가 일어났고, 또다시 그녀의 시는 인터넷 블로그를 거쳐 여러 라디오와 방송을 타고 전국 각지로 퍼져 나갔다.

2016년 11월, 〈좋은 뼈대〉는 미국 시인 아카데미 홈페이지에서 가장 많은 다운로드 수를 기록한 세 편의 시 중 하나가 되었다. 마치 사회불안 요소를 측정하는 척도와 같은 것이 된 것이다. 두 아이의 엄마인 서른아홉 살 매기 스미스 시인은 〈워싱턴 포스트〉지의 노라 크룩에게 이렇게 말했다. "시적 영감이 물밀듯이 밀려올 때, 저는 '세상에 뭔가 나쁜 일이 벌어지고 있구나'라는 생각까지 들어요."

2016년 미국 대선 다음날, 온라인 미디어 매체 〈복스〉는 "지금 참담한 기분이십니까? 여기 당신을 위로할 몇 편의 시를 소개합니다"라는 헤드라인 기사를 올렸다. 〈가디언〉지는 "대선 후폭풍에 대비할 몇 편의 시"라는 기사를 올렸다. 〈허핑턴 포스트〉지는 "폭풍과 같은 시기에 당신에게 도움이 될 18편의 위로의 시"라는 기사를 발표했다.

시는 종종 한 사람의 인생에 새싹처럼 깜짝 피어나기도 한다. 평생에 한 번도 시를 읽거나 쓰지 않았던 사람에게도 그런 일은 얼마든지 생길 수 있다. 농구 선수 코비 브라이언트가 은퇴한 후 가장 먼저 한 일은 농구에 대한 애정을 시로 표현하는 일이었다. 시는 우리가 형언할 수 없는 것들을 표현하게 해주고, 우리 마음의 방대하고 복잡다단한 생각과 감정을 집약된 형태로 열매 맺게 해준다.

하지만, 당시 스타벅스에 앉아있던 매기 스미스가 세계 각처에서 일어난 사건·사고들을 생각하면서 시를 쓰고 있었던 것은 아니다. 시인은 단지 그녀의 자녀들에 대해 생각하고 있었다. 그녀는 〈워싱턴 포스트〉지를 통해 "그 시는 어떻게 해야 아이들을 잘 양육할 수 있는지, 아이들에게 세상이 끔찍한 만큼 아름답기도 하다는 것을 어떻게 설명해야 할지 염려하는 한 엄마의 시점에서 쓴 것입니다. 어떻게 해야 어린 자녀들에게 거짓말을 하지 않고도 세상의 가장 나쁜 모습들을 비밀로 할 수 있을까요?"라고 말했다.

시인 매기 스미스의 네 살배기 아들은 아직 글을 읽지 못한다. 그래서 무엇 때문에 세상이 이토록 야단법석인지 모른다. 반면에 여덟 살인 그녀의 딸은 엄마의 시를 읽고 그것에 대해 이야기도 나누었다. "제 딸은 이번 대선 결과에 대해 매우 실망했답니다. 그 후, 우리는 우리의 일들이 계획대로 흘러가지 않을 때, 큰 변화를 위해 할 수 있는 작은 일들에 대해 잠깐 대화를 나눴어요." 그녀가 말했다. "그저 학교에서 최선을 다하고, 다른 이들에게 친절을 베푸는 것과 같은 그런 사소한 것들을 실천한다면, 세상은 분명 점점 좋아질 거야. 여덟 살 아이의 눈높이에 맞춰 세상의 일을 설명하려면 이렇게 얘기하는 수밖에 없더라고요."

"저는 그동안 제 아이들을 지켜보면서 느낀 경험에 대해 쓰고 있었어요. 아이들은 세상을 마치 방금 꺼내 펼친 책처럼 읽고 있더라고요. 그들에게는 모든 것이 처음이고 생소하기만 한데, 오히려 저는 그런 아이들의 눈을 통해 몰랐던 세상을 깨닫게 돼요. 가령 '지구는 왜 있는 거예요?'와 같은 이상한 질문들 말이지요."

매기 스미스가 아이들의 시선을 통해 〈좋은 뼈대〉를 쓰게 되었다는 사실을 알고 나면, 그녀의 시가 어째서 대중에게 그토록 강렬한 인상을 남기게 된 것인지 충분히 이해가 간다. '이곳은 잔혹하지만, 한편으로 아름다운 세상이다.'라는 시 속의 감성 자체는 독특하다거나 특별히 심오하다고 느껴지지는 않는다. 이는 우리 주변만 둘러보아도 쉽게 알 수 있는 사실이다. 아니면, 오스카상을 수상한 단편 다큐멘터리《하얀 헬멧》에서 시리아의 도시 알레포 위로 무덤덤하게 폭탄을 투하하는 러시아의 폭격기 조종사들과 도시의 망가진 지붕들 밑에서 목숨을 걸고 구조작전을 펼치는 하얀 헬멧(시리아의 민간 구조대)의 모습을 시청하는 방법도 있다. 하늘에 떠 있는 사람들과 땅에서 뛰고 있는 사람들은 모두 같은 시간, 같은 장소에 있는 인간이다. 마치, 잔혹하면서도 아름다운 양면의 모습을 가진 세상처럼.

자꾸 잊어버린다는 것만 제외하면, 우리가 이미 알고 있는 사실이다. 그래서 우리는 우리 주변을 돌아보는 것을 멈추지 말아

야한다. 매기 스미스는 아다 리몬의 시 〈똑같은 것〉에서 그녀가 좋아하는 한 구절을 인용했다. "당신은 세상을 사랑한다고 말하죠. 이 세상도 그래요." 그녀의 말에 따르면, 시인 매기 스미스가 세상을 사랑하는 방법은 세상에 관심과 주의를 기울이고, 그녀 자신의 경험을 본인의 원칙에 따라 — 격식을 갖춰, 수사학적으로, 서정미 넘치게 — 표현하는 방법을 찾는 것이다. 말하자면, 매기는 〈여름날〉이라는 시에서 다음과 같은 표현을 쓴 위대한 시인 메리 올리버의 발자취를 따라가는 것이다.

> 나는 기도가 무엇인지 정확히는 모르겠어.
> 하지만 관심을 가지는 방법은 확실히 알고 있지.

〈좋은 뼈대〉의 요점은 — 그리고 이 책에 수록된 잭 길버트의 〈변론답변서〉와 웬델 베리의 〈이제 최악을 알게 되었으니〉처럼, 또 비슷한 주제를 가진 다른 시들도 마찬가지로 — 우리에게 단순 정보가 아닌 실존적이고 영원불변한 진실에 관한 내면의 경험을 주는 것이다. 시인 윌리엄 카를로스 윌리엄스는 그의 시 〈아스포델, 그 초록 꽃〉을 통해 이렇게 말한다.

> 나의 마음은 깨어난다
> 당신에게 특별한 것에 대한
> 소식을 전할 생각에

　당신에게 매우 중요하고
　　많은 사람들에게도 매우 중요한 것을.
　　　보라. 어떤 새로운 일들이 스쳐 지나갔는지
　당신이 거기서 찾지 못할 것을
　　당신이 경멸하는 시에서 찾게 될 것이다.
　　　시로부터 그 소식을 얻는 것은
　어렵고도 힘들지만
　　시 속에서 발견할 수 있는 것들을
　　　가지지 못해서
　사람들은 매일 비참하게 죽는다.

〈좋은 뼈대〉는 단지 한 사람의 심정을 표현한 시가 아니다. 이 시는 우리 모두 안에 있는 깊은 정서인 정情을 표현하고자 한다. 자신이 받은 마음의 상처를 세상을 향해 과감히 열어놓은 사람들은 이 세상에서 종종 벌어지는 차마 말로 못할 슬픈 일들과 끔찍한 일들에 대해 관심을 기울이면서, 어떻게든 이런 인간의 삶을 찬양하려고 기꺼이 노력한다. 왜냐면, 어쨌거나 이것이 우리의 인생이니까.

　그것이 아니라면, 당신은 차라리 동정심 따위에 관심이 없는 냉정한 사람으로 살겠는가? 이 시에서 매기 스미스는 재치 있고 간결한 반복적인 표현 ― 단지 운율을 살리기 위해서만이 아니라 뼛속까지 울려서 우리가 잊을 수 없게 만드는 ― "인생은 짧다"

를 사용하여 그녀의 결심을 단호하게 말한다. 우리는 인생의 문제에 대해 끝도 없는 논쟁을 펼칠 시간도, 우리의 눈에 무엇이 옳은지 가려낼 시간도 없다. 인생은 우리에게 양팔을 벌려 마치 '미녀와 야수' 같은 삶의 양면을 받아들이고, 우리의 삶에 주어진 길이 무엇이든지 그에 따라 응답하며 살라고 요구한다. 만약 당신이 그리스 섬들 중 한 곳에 있는 어느 배의 선장이라면 지중해를 떠도는 난민들을 구할 수도 있을 것이고, 당신이 시인이라면 시를 쓸 수도 있을 것이다. 만약 당신이 여덟 살짜리 아이라든지 혹은 여든 살 된 노인이라면 친절해지는 법을 연습할 수도 있을 것이다.

〈좋은 뼈대〉가 그런 폭발적인 반응을 불러온 이유 중 하나는 미래의 세대, 즉 아이들을 향한 책임에 대해 직접적으로 말하고 있기 때문일 것이다. 앞으로의 세상과 삶에서 극적인 일들을 맞닥뜨릴 우리 아이들을 위해 무엇을 준비해야할까? 매기 스미스가 〈워싱턴 포스트〉와의 인터뷰에서 말한 것처럼 "어떻게 해야 어린 자녀들에게 거짓말을 하지 않고도 세상의 가장 나쁜 모습들을 비밀로 할 수 있을까?" 이는 사실, 모든 부모들이 직면하고 있는 딜레마이다. 특히 요즘의 아이들은 매일 세상에서 벌어지는 비극적인 사건들과 불의한 일들에 너무 쉽게 노출되어 있기 때문이다.

내 책의 편집자 제이슨 가드너는 나에게 지구 온난화에 대해 아주 걱정스런 표정으로 질문을 던지는 그의 열 살짜리 아들 이야기를 들려줬다. "아이가 지구 온난화에 대해 실컷 듣고 와서, 저 또한 그들처럼 남극과 북극의 얼음이 결국 다 녹을 것이라고 생각하는지 묻더군요. 저는 아들에게 '잘은 모르겠지만, 얼음이 녹고 있다는 것은 사실이란다. 그리고 많은 사람들이 그 문제를 위해 여러 가지 대책을 시도하고 있어.'라고 말했어요. 사실, 저는 이 문제에 대해 별로 낙관적인 의견을 가지지 않았지만 아이에게는 희망적으로 말했어요. 왜냐면 비관적인 생각을 가지면 아무것도 할 수가 없을 거라는 생각에, 제 아이들에게는 투지를 심어주고 싶거든요. 솔직히 말해서, 내 대답으로 그 아이의 기분이 나아졌을 거라고 생각하지는 않아요. 그게 참 가슴 아픈 현실이죠."

마치 폭풍 속 바다와 다를 바 없는 이 시의 주제 위에서 흔들거리는 우리의 용골을 지키기 위해 매기 스미스는 비틀리고 현실적인 유머를 사용한다.

> 인생은 짧다, 비록 내 아이들에겐 이것을 비밀로 하겠지만.
> 인생은 짧다, 그리고 흘러간 내 삶은 더 짧아졌다
> 수없이 달콤하고, 어리석은 짓들로 인해,
> 달콤하고도 어리석은 수많은 행동들
> 내 아이들에겐 비밀로 할 것이다. 세상은 적어도
> 오십 퍼센트는 끔찍한 곳, 그조차도 긍정적으로
> 바라본 평가인 것을, 비록 내 아이들에겐 이것을 비밀로 하
> 겠지만.

일반적인 내용들로 우리에게 넌지시 분위기를 띄운 후, 그녀는 더 깊고 위험한 물속으로 뛰어든다. 한 치의 망설임도 없이 다음과 같은 구체적이고 끔찍한 현실을 우리에게 고백하고 시인한다.

> 많은 새들 중에는 던진 돌에 맞는 새도 한 마리 있을 것이고,
> 많은 사랑받는 아이들 중에는 부서지고, 자루에 담겨,
> 호수에 버려지는 아이도 있는 법.
> (……)
> 그리고 많은 낯선 사람들 중에는,
> 당신을 부수고 넘어뜨리려는 이도 하나쯤 있을 것이다.

왜 그녀는 이 사실을 그녀의 아이들에게 비밀로 하려는 걸까? 아마도 그녀 자신이 깨닫고 믿는 것을 그녀의 아이들도 믿길 바라기 때문일 것이다. 즉, 그럼에도 불구하고, 세상은 살만한 가치가 있는 곳이라는 사실을 말이다.

그녀의 마지막 비유는 시적 영감의 결정체이다. 듣는 이를 기막히게 현혹하는 대화체로 마무리 짓는다. 이 세상은 1등급 부동산이고 그 뼈대는 튼실하다. 조금만 상상력을 발휘한다면, 당신의 작은 천국이 될 만한 잠재성이 충분하다. 솔직히, 참 볼품없는 곳이기는 하다. 페인트칠도 필요하고, 여기저기 중대한 리모델링이 필요한 곳도 있다. 낡은 집이니 앞으로도 계속 손봐야 할 곳이 많을 것이다. 하지만 이곳은 좋은 뼈대를 가지고 있다. 그 기초는

견고하고, 알고 보면 꽤 아름다운 곳이다. 마지막 행에서 매기 스미스는 그녀의 자녀들에게 다음과 같이 말하면서 다음 세대에게 그 역할을 넘겨준다.

당신이라면 이곳을 멋지게 만드실 수 있어요.

매기 스미스

Maggie Smith · 1977-

매기 스미스는 시집《몸의 등불》(2005),《우물이 자신의 독을 말하다》(2015),《좋은 뼈대》(2017)를 발표한 시인이며 그녀가 쓴 세 권의 챕북 도서로 상을 수상하기도 했다. 오하이오 주립대학에서 예술학 석사과정을 거치고 게티스버그 대학에서 창의적 글쓰기 과정을 가르쳤으며 수년간 출판업에 종사했다. 현재는 남편과 두 아이와 함께 오하이오주 벡슬리에 거주하며 프리랜서 작가이자 편집자로 일하고 있고 〈케니언 리뷰〉지의 자문편집자로 활동 중이다.

2장

。

이것을 기억하라

내 말은 말야

The Thing Is

엘렌 배스

Ellen Bass · 1947–

삶을 사랑하려면, 심지어 당신이

별로 내키지 않을 때조차 그것을 사랑하려면

당신이 소중히 쥐고 있던 모든 것이

마치 타버린 종잇조각처럼 당신 손에서 부스러져

목구멍에까지 쌓이고 쌓여

깊은 슬픔이 당신 옆에 앉아, 마치 열대 지방의 열기처럼

숨을 막히게 하고, 무거운 물처럼 짓누를 때

폐보다는 아가미로 숨을 쉬어야 할 듯

깊은 슬픔이 마치 몸의 일부가 된 듯 당신을 무겁게 할 때,

줄지는 않고, 오히려 더 커져가는 슬픔에

머릿속엔 내가 이것을 어떻게 버틸까? 라는 생각뿐

그러다가 문득, 당신 삶을 두 손으로 붙들고

양손 사이에 있는, 매력적인 웃음도,

매혹적인 눈빛도 없는, 그저 평범한 얼굴을 향해

당신은 말한다. 그래, 내가 감당할 거야

삶을 다시 사랑할 거야.

이것을 기억하라

과연 이 시인이 수행 자세로 한 시간 동안 있어본 적이 있는지는 잘 모르겠다. 하지만 분명한 사실은 엘렌 배스가 마치 선禪을 명상하듯 시를 활용한다는 것이다. 엘렌은 자기 삶의 경험을 가능한 한 날카롭고 명료하게 시에 투영한다. 그리고 그녀의 시는 마치 일본의 방랑 시인 마쓰오 바쇼의 하이쿠° 만큼이나 표현이 간소하다.

고요하고 오래된 연못……
연못으로 뛰어드는 개구리,
첨벙! 다시 고요해지는 연못.

° 5·7·5의 음수율을 가진 일본 고유의 짧은 정형시_옮긴이

혹은, 윌리엄 카를로스 윌리엄스의 시처럼. (그는 의사였지 스님이
아니었다.)

> 빨간 외바퀴
> 손수레
> 빗물로
> 반짝거리는

엘렌 배스의 작품 중 다른 하나를 살펴보자. 그녀의 시 〈탑승구
C22〉는 이렇게 시작한다.

> 포틀랜드 공항, 탑승구 C22
> 가죽 테가 있는 모자를 쓴 한 남자
> 키스를 하는 오렌지카운티에서 온 여자.

계속해서 읽을수록 엘렌의 시선과 바쇼, 윌리엄스의 시선의 차이
가 분명하다. 엘렌의 눈은 외관뿐 아니라 내면의 세계를 보고 있
다. 바쇼의 '물 튀는 소리'는 마음속에 잔잔한 물결을 일으킨다.
윌리엄의 '외바퀴 손수레'는 시신경에 그대로 전달되어 내가 시
인 자신이 되어 그 세계로 들어간 것과 같은 착각을 불러일으킨
다. 그저 별 의미 없는 외바퀴 손수레가, 바퀴가 하나인 수레라는
점이 놀랍게도 시의 모든 것을 설명하고 있다. 그런데, 포틀랜드

공항, '탑승구 C22'에서 작별 키스를 나누는 연인의 모습을 그리는 엘렌의 시는 뭔가 다르다. 가죽 테로부터 시작된 연인의 이야기는 시인의 속마음과 반응하여, 외적인 장면과 내면의 경험을 연결 짓는 생생한 장면들을 연속적으로 우리에게 보여준다.

이것은 그녀의 시 〈내 말은 말야〉에서도 동일하게 적용된다. 배스는 우리를 그녀 내면의 장면으로 한 걸음씩 인도한다. 한 번에 한 장면, 하나의 비유를 가지고 바쇼의 하이쿠가 외적 세계를 그려낸 것과 같이 모호함 없이 명료하게 그려낸다. 짐작컨대, 시를 쓰던 당시에 그녀의 어머니가 돌아가셨다거나, 연인이나 친한 친구를 잃었는지 모른다. 어쩌면 9.11사건에 대한 소식을 방금 전해 들었을 수도 있다. 그것이 무엇이든 간에, 어떤 사건이 그녀로 하여금 이 시를 쓰게 만든 것이 확실하다. 왜냐면 이 시 전체에서 느껴지는 진정성, 마치 방금 꿰맨 붉은 상처 자국처럼 생생하게 전달되는 개인의 고통과 경험으로부터 오는 그 묵직함 때문이다.

하지만, 무슨 일이 생긴 건지 굳이 자세히 알 필요까지는 없다. 시인의 개인적인 비극이 그녀의 삶에 그림자를 드리우고, 그녀를 슬픔의 우물 바닥까지 가라앉게 만들었을지라도, 시인은 그 우물 바닥에서 빛나는 동전들처럼 명료하게 시의 장면을 그려낸다. 상실감으로 인해 고통받아본 사람이라면 그 누구라도(아마도 우리 모두) 이해할만한 보편적인 언어로 표현했기 때문일 것이다.

마치 나의 손으로 직접 쥐어보고, 목구멍으로 맛본 듯 느껴지

는 그 첫 장면은

> 당신이 소중히 쥐고 있던 모든 것이
> 마치 타버린 종잇조각처럼 당신 손에서 부스러져
> 목구멍에까지 쌓이고 쌓여

나에게 나오미 쉬하브 나이°의 시 〈친절함〉의 일부분을 생각나게
한다.

> 친절함이 무엇인지 진정으로 알려면
> 네가 가진 것을 잃어 봐야 한다
> 싱거운 국에 소금이 녹아 사라지듯이
> 미래가 한 순간에 사라지는 것을 느껴 봐야 한다   _류시화 옮김

배스의 '타 부스러진 종잇조각', 나이의 '싱거운 국에 녹아버린
소금'처럼 사라져버린 미래는 나에게도, 내가 가진 모든 것과 함
께 사라지는 일이 생길 수 있다는 가감 없는 현실을 직시하게 한
다. 배스는 단지 세 개의 강렬한 마디만을 사용하여 우리 모두가
외면하고 싶은 진실의 직격탄을 날린다. "타버린", "종잇조각처

° 나오미 쉬하브 나이. 팔레스타인 아버지와 미국인 어머니 사이
에서 태어난 시인이자 소설가이며 작곡가이다_옮긴이

럼", "부스러져". 이와 같은 이미지는 그저 내 마음에서뿐만 아니라 정말로 내 몸 안에서 불타버리는 것처럼 느껴진다. '모든 것은 스쳐지나간다'는 것과 같은 철학적인 사실을 말하고자 하는 것이 절대로 아니다. 이것은 배스의 표현처럼 우리 마음에 "별로 내키지 않을" 노골적인 현실을 말하는 것이다. 나는 앨렌 배스의 작품에 드러난 이런 수준 높은 표현이 좋다. 언제나 신체적, 외적 감각에 근거하면서도 다른 한편으로는 그녀와 그녀 주변의 경험들로부터 깨달음을 얻기 위해 내면을 주의 깊게 살피고 있는 것이다.

이것이 내가 그녀를 명상시인이라고 여기는 이유이다. 그 모든 단점에도 불구하고, 망가져 가는 이 세상을 향해 삶을 사랑하라고 말하는 것보다 더 나은 해답이 명상시인에게 있을까? 여기에 '내 말이 그 말이야!'보다 더 적절한 표현은 없을 것이다. 그렇지 않은가? 우리의 삶이 우리가 가진 전부이기에 그것을 품으려 하고, 때로는 얻고 때로는 잃고 때로는 사랑하고 때로는 눈물 흘리고 때로는 기뻐하고, 심지어 내키지 않을 때라도 이때만큼은 더욱더 삶을 사랑하려 하는 마음을 가지는 게 진정 우리에게 필요한 것이 아닐까?

사람들을, 동료들을 잃을 수 있다. 직장이나 신념을 잃을 때도 있다. 젊음, 건강을 잃기도 하며 세상을 향한 희망을 잃을 때도 있다. 우리 국가가 이루고자 했었던, 하지만 이루지 못한 미래를 잃을 수도 있다. 어찌하든 결국엔 모든 것을 잃게 될 것을 알면서도, 우리는 매번 슬픔에 빠진다. 잭 길버트는 그의 시 〈파리의 잃어버린 호텔〉에서 다음과 같이 말한다.

> 신은 모든 것을 주면서 그 대가로
> 모든 것을 요구한다. 이 얼마나 놀라운 거래인가.

글쎄, 그럴 수도 있겠다. 만약, 인생을 이렇게 바라본다면, 이자도 없이 공짜로 받은 대출인 셈이다. 다만, 힘든 시기에는 그다지 횡재한 것처럼 느껴지지 않는다는 것만 빼면 말이다. 길버트처럼 삶을 바라보려면 굉장한 지혜가 필요하다. 대개의 경우, 역경 속에서 인생이 주는 선물을 찾기란 어려울 뿐 아니라, 찾는다고 하더라도 꽤나 긴 시간이 걸린다. 그래서 반드시 이루어질 약속과도 같은 유일한 선물이란, 여기 엘렌 배스의 시가 노래하는 바로 그것 즉, 무슨 일이 있어도 삶을 그 앙금까지 소중히 여기고 사랑하라는 것이다. 결과가 어찌되던 삶을 사랑하기 때문에 잃는 것은 없을 것이기 때문이다.

그렇다고 우리가 슬픔과 고통을 그냥 무시해 버릴 수 있다는 뜻은 아니다. 배스는 어떤 연유로 인해 생긴 것이든, 그 슬픔의 무게로 인해 우리가 얼마든지 좌절하고 절망할 수 있다고 말한다. 그녀는 이 점에 관한한 여지를 주지 않는다.

> 깊은 슬픔이 당신 옆에 앉아, 마치 열대 지방의 열기처럼
> 숨을 막히게 하고, 무거운 물처럼 짓누를 때

> 폐보다는 아가미로 숨을 쉬어야 할 듯
>
> 깊은 슬픔이 마치 몸의 일부가 된 듯 당신을 무겁게 할 때,
>
> 줄지는 않고, 오히려 더 커져가는 슬픔에
>
> 머릿속엔 내가 이것을 어떻게 버틸까? 라는 생각뿐

숨을 막히게 하는 열대 지방의 열기, 아가미로 숨을 쉬어야만 할 것처럼 짓누르는 깊은 물속, 당신이 주저앉고 싶을 만큼 점점 불어나고 무거워지는 슬픔. 이런 장면들은 정말로 내 피부로 미끄러져 들어와 나의 모든 감각을 덮치는 듯 생생하다. 밀실 공포증에 압도된 사람처럼 숨을 헐떡이게 하고, 빛을 찾게 하며, 그곳을 벗어나기 위해 발버둥 치게 만든다. 과연 누가 이런 것을 견뎌낼 수 있을까? 인생의 최후 같은, 좀처럼 나아질 기미가 안 보이는 슬픔이 몸과 마음의 모든 구멍과 틈을 전부 막아버려도 참아내라는 말인가?

　나도 부모님과 여러 가까운 친구들의 죽음을 겪은 경험이 있다. 여러 차례나 내가 소중히 여겼던 사람을, 관계를, 연인을 떠나보내야 했다. 하지만 그 어떤 경험들도 이 시에서 표현된 것과 같은 슬픔의 열기와 압력만큼은 아니었다. 아마도 서른 살 즈음에, 동료의 아내와 대책 없고 절망적인 사랑에 빠졌던 일이 유일한 예외가 될 것 같다. 그 때의 나는 임신 3개월이 된 아내가 있었고 나의 감정은 누가 보기에도 결코 아름답지 않은 모습이었다. 마치 세상이 우리를 끝없는 바다로 추락시키려고 쓴 완벽한 각본

같았다. 우리 넷은 런던에 있는 다세대 주택의 이웃으로 여러 해 동안 서로가 알고 지내던 사이였고, 그 때까지 내 동료의 아내와 나 사이에는 그 어떤 호감의 징조도 없었다. 그러던 어느 날, 친구들이 가득한 집의 건너편 방을 마주하다가 서로가 서로를 응시하던 눈빛을 알아채고 받은 충격은 마치 엄청난 힘으로 쏜 화살처럼 공간을 뚫고 날아와 서로에게 즉각적으로 꽂혔다. 그 날 이후로 몇 달 동안, 우리는 낮이건 밤이건, 어디서든 서로의 존재를 계속해서 의식하게 되었다. 결국 우리는 서로의 배우자에게 이 사실을 알렸고 우리의 결점을 인정하면서 할 수 있는 최선을 다해 선을 지키려고 노력했다. 몇 달 후, 우리는 거리를 두어야겠다고 결정했고 아내와 나는 런던을 벗어나 이사했다. 그 후로 우리는 인생의 항로에 눈물의 발자취를 남기며 서로의 갈 길을 갔다.

내가 런던을 떠나기 전, 그녀를 마지막으로 보던 날, 나는 "커져가는 슬픔"이 다가오는 무게를 느꼈다. 지금 회상하더라도, 그 당시 일기에 썼던 '내 가슴을 강철 뚜껑으로 닫아버린 듯, 내 다리가 중력에 못 이겨 비틀거리는 듯, 내 몸에서 모든 공기가 빠져나가버리는 듯한' 그 기분을 느낄 수 있을 지경이다. 내 생명의 피가 다 말라버려, 한두 해 동안은 그저 껍데기처럼 살았다.

바로 그때, 배스의 표현처럼, 자신보다 큰 무언가에 의해 완전히 참패했을 때, 절망과 항복으로 인해 소리 내어 울 때, 바로 그 때 당신은

> 양손 사이에 있는, 매력적인 웃음도,
> 매혹적인 눈빛도 없는, 그저 평범한 얼굴

같은 당신의 삶을 붙잡을 수 있겠는가? 나는 내 양손 사이에 있는 미래를 붙들 준비가 안 되어있었다. 나에게 요구된 더 위대한 사랑 즉, 한 개인에 대한 것이 아닌 인생 자체를 있는 그대로 받아들이라는 그 사랑을 깨달을 준비가 되어있지 않았다. 그리고 그 순간이 닥쳤을 때, 나에게는 선택권이 없었고 내가 할 수 있는 것은 아무것도 없었다. 만약 당신에게 그런 순간이 닥친다면, 그 모습이 어떠할지라도 당신의 양손 사이에 놓인 인생의 얼굴을 기꺼이 붙들겠는가? 그 모습이 비록,

> 매력적인 웃음도,
> 매혹적인 눈빛도 없는, 그저 평범한 얼굴

일지라도? 나를 기다리고 있던 내 인생의 얼굴은 곧 세상에 태어날 아들 소식만 빼면 매력적인 구석이라고는 조금도 없었다. 아내와의 관계는 극도로 나빠져 있었고, 나에게는 장래가 기대되는 확실한 직업이 없었다. 아무런 사전예고 없이 내 동료와 함께 열심히 일하고 있던 기관에서 떠나야만 했고, 불가항력적인 사랑에 빠졌던 여성은 내 시야에서 완전히 사라졌다. 다만 스스로에게 오직 한 가지 선택권만이 있다는 걸 직감했다. 바로 최대한 인내

심을 내어 피할 수 없는 운명에 순복하는 것 말이다.

그런데 그런 깨달음을 얻었다고 해서, 내가 내 앞에 펼쳐진 인생을 순순히 양팔 벌려, 열린 마음으로 부둥켜안고 전진할 수 있을까? 내 마음 위로 굳게 닫힌 뚜껑은 그 후로도 오랫동안 사라지지 않았고 운명에 순복한다고 해서 슬픔이 사라지는 것도 아니었다. 슬픔, 그것은 그저 내게 주어진 인생의 본모습 중 하나였다.

〈시인과 작가〉라는 잡지사 인터뷰에서 앨렌 배스는 이렇게 말했다. "저에게 있어 시를 쓰는 일은 돌아가신 어머니를 그리워하는 가장 최선의 방법이었어요. 시를 쓰는 일이 저에게만큼은 그녀를 추모하는 어떤 예식이나 예배보다도 더 자연스럽다는 사실을 발견했거든요. 어머니가 돌아가시고 장례를 치르던 그 모든 과정 내내, 제가 시인이라는 사실이 참으로 다행스럽다는 생각만 들었어요. 다른 사람들은 어떻게 이런 어려움들을 이겨내는지 궁금하네요."

그녀는 이어서 말했다. "제가 시를 쓰는 비결은 삶이 가져다주는 것을 있는 그대로 받아들이는 거예요. 물론, 살면서 그렇게 하기란 정말 쉽지 않지요. 우리에게 생기는 모든 일들 중, 우리가 바라던 일과 바라지 않던 일을 똑같이 소중하게 바라보는 것은 정말 어려운 일이에요. 그런데 시를 통해서는 제가 그렇게 할 수 있겠다는 마음이 생기거든요. 그게 정말로 헤어날 수 없는 시의 매력인 것 같아요."

나는 E. E. 커밍스°도 비슷한 의미로 시를 썼다는 생각이 든다. 받아들일 수 없는 일을 받아들이도록 도와주는 역할 말이다. 커밍스는 가슴이 찢어질 듯 절절한 사랑의 시 〈항상 바라는 대로 되지는 않아. 그래서 말인데〉를 썼다. 그가 사랑했던 연인이 막 그를 떠나 다른 사람에게로 갔을 때, 이 시를 통해 커밍스는 다음과 같이 말한다. 정말 그렇게 되어야만 하는 운명이라면, 그땐

나에게 조금만 귀띔을 해 주세요.
내가 당신의 남자에게로 가서, 그의 손을 붙잡고,
내게서 행복을 모두 가져가도록 허락하겠다고 말하겠어요.

이런 아량 있는 마음은 정말로 드물다. 그러나 커밍스는 그것이 가능하다고 말하고 있다. 사랑하는 사람을 보내야한다는 것은 다른 사람들과 마찬가지로 그에게도 결코 쉬운 일이 아니었을 것이다. 그는 고통스러워하면서도 애써 옛 연인과 그 연인의 상대에게 너그러운 태도를 보이려는 것이다. 그는 아래와 같은 가슴 시린 표현으로 시를 마무리한다.

그런 후에, 내 얼굴을 돌리고 서서,

° 에드워드 에스틀린 커밍스. 미국의 시인이자 화가이며, 수필가이자 극작가_옮긴이

아득히 보이지도 않는 먼 곳에서 들리는
한 마리 새의 처절한 울음소리를 듣겠어요.

슬픔과 상실은 마치 죽음의 한 종류인 것 같고, 죽음과 사랑은 언제나 그렇듯 서로 한 쌍이다. 우리는 사랑하기 위해 존재하는 것이고 우리가 누구를, 어떤 동물을, 혹은 석양을, 나무를, 지구를, 가족을, 국가를 사랑하게 될지는 마음대로 정할 수 없다. 다만 우리가 더 사랑할수록 삶의 경험은 더 풍부해질 것이고, 우리 존재로 인해 세상이 더 많은 축복을 받는 것이다. 물론 더 사랑할수록 우리가 사랑했던 모든 것들이 사라졌을 때의 슬픔도 큰 법이다. 그럴 때는 고난도 마치 사랑의 일부분인 것 같다. 배스의 시는 고난에서 벗어나는 유일한 길이란 그것을 겪어내는 것이라고 말한다. 고난을 통해 낮아지고 부드러워지고 마음이 열리고 나면, 마침내 더 큰 포용력을 갖게 되고 우리가 매일 매일 경험하는 고통스럽고도 멋진 인생을 더 사랑하게 될 것이기 때문이다.

얼마나 부드러우면서 얼마나 강력한가. 인간으로 산다는 것은 나에게 기쁨이 가득한 일이다. 또 그것은 슬픔으로도 가득한 것이다. 그리고 배스의 시는 나로 하여금 긍지를 갖게 한다. 우리의 인간됨으로 인해, 우리에게 주어진 인생의 모든 잔을 다 마실 수 있고, 심지어 우리가 예상하지 못한 그 이상의 것도 해내게 된다는 긍지 말이다.

엘렌 배스
Ellen Bass · 1947-

엘렌 배스의 작품에 대해 빌리 콜린스는 "성, 사랑, 출생, 모성애에 관해 무서울 정도로 개인적이고 솔직한 작품들이다. 위트 넘치는 솔직함, 날카로운 관찰력, 동정 어린 마음, 그리고 정확한 타이밍에 펼쳐지는 딱 맞는 묘사로 세대를 초월해 독자들에게 다가간다."고 말했다. 배스는 아홉 개국 언어로 번역된 대표작 《치유하는 용기》를 포함해 여러 권의 비소설류 도서를 쓴 작가이다. 엘렌 배스는 그녀의 시모음집 《사랑의 노새들》로 람다 문학상을 수상하였고, 또한 그녀의 다른 작품들로 푸시카트 문학상과 님로드 문학상의 파블로 네루다 상을 수상하였다. 그녀의 최근 시집은 《빈털터리처럼》이다.

3장

。

심금

말다툼

The Quarrel

콘래드 에이킨

Conrad Aiken · 1889-1973

돌연히, 말다툼 후에, 잠시 동안의 기다림

낙담하고, 적막함으로, 서로 고개를 떨군 채로,

눈꺼풀 손가락 한 번 꿈쩍없이, 희망도 없이, 그렇게 될 리 없다고 알면서도

서로를 갈라놓은 말을 도로 주워 담고픈 소망이 간절한 채로

방 전체가 침묵으로 깊어지는 동안, 우리의 침묵도 깊어지고

서로의 생각이 지나온 길을 따라 차근차근 되짚어본다. 어쩌다가

나뭇잎 하나가 떨어지는 작은 소리에, 그 그림자도 함께 쓰러졌는지.

그리고 연인과 연인이 말다툼을 하게 되었는지, 어쩌다가.

그리고 침묵이 흐르는 동안, 나는 통탄했다 — 아아, 이런 —

당신의 깊은 아름다움, 당신의 비극적인 아름다움이 갈가리 찢겨,

한 마리 잔인무도한 참새에 의해 갈가리 찢긴 빛바랜 꽃처럼 —

이 가엾고 사랑스러운 아름다움, 이제 그만두려

그때에, 순간의 어두움이 가장 짙게 드리워진 그때에 —,

믿음이 희망과 함께 사라져버렸을 때, 빗소리들이 음모를 꾸민다.

사랑이 더 이상 엄두를 내지 못하고, 희망마저 흩어진 순간에 —

우리의 심금을 향해, 그 잿빛 아르페지오를 튕겨 연주한다.

그러다가 갑자기, 이웃집 어딘가로부터,

음악이 연주된다. 당당한 현악 사중주의 소리처럼

고요함을 깨고 흘러나와, 우리의 정적마저 깨고,

마치 불굴의 의지를 알리는 생명의 노래처럼

모든 것이 사라졌을 때, 우리의 슬픔은 돌연히

신성한 자의 애도에 의해 깊은 슬픔으로부터 빠져나와 꿈을 꾸듯

우리는 기억의 눈을 들어, 서로를 바라보았다.

기쁨의 눈물이 흘러 눈앞을 가리우듯

또 다른 나뭇잎 하나가 조용히 떨어질 때 즈음,

그늘은 즉시 사라지고, 우리의 말다툼은 우스꽝스러운 일이 되

었다.

그리고 우리는 천사의 목소리와 같은 음악에 날아올라

서로의 손을 잡고, 한마디 말없이 서로의 입을 맞추었다.

심금

.

〈말다툼〉은 한 편의 시가 어떤 방법으로 우리의 눈을 뜨게 하여, 일상을 새로운 관점으로 바라보면서 살게 하는지 보여준다. 이는 내가 시를 가장 높이 평가하는 여러 이유들 중 하나이다. 즉, 피상적인 세계를 살아가는 우리들 안에 있는 스스로의 모습을 돌아보게끔 하는 회복 효과가 시에 담겨있기 때문이다. 시는 흔하고 작은 경험들을 떼어내어, 느낌과 감성을 겹겹이 덧입혀, 서정적이면서 때로는 깊은 철학으로 마무리 짓는다. 우리가 삶의 장면을 좀 더 숭고하고 심미적으로 바라볼 수만 있다면, 어떤 종류의 다툼이라도 해결될 수 있음을 보여준다. 내가 알기로, 콘래드 에이킨은 제1차 세계대전 중 '생활필수산업'의 한 부분인 작가, 시인

으로 인정을 받아 군복무를 면제받았다.°

시는 정말 생활필수산업이다. 사회가 문명화되기 위해 필수적이고, 인류의 삶이 완전해지기 위해 필수적이다. 에이킨은 종교인은 아니었지만 이렇게 말한 적이 있다. "나는 우주 속에 있는 인류의 위상을 시적인 이해를 통해 깨닫기를 열망한다. 자기를 인식하고 사랑함으로써 시를 통해 자신의 운명을 빚어가는 인간의 잠재력을 갈망한다."

그가 겨우 아홉 살이었을 때 에이킨은 시인이 되기로 결심했다. 똑똑했지만 정신적으로는 불안정했던 하버드 대학 출신의 외과의사였던 아버지의 의료사고 현장을 목격한 바로 그 해였다. (종종 에이킨은 그의 트라우마에 대해 책에서 언급하곤 했다.) 그러나 그것은 앞으로 다가올 더 큰 불행의 시작에 불과했다. 에이킨이 11살이 되던 때에 정신적 불안증세를 보이던 그의 아버지는 아내를 총으로 쏴 살해하고, 자신도 자살했다. 이 사건은 에이킨의 자전적 소설 《우에상 섬》°°에 묘사되어 있다. "이른 아침, 의미

° 1989년 출생인 그는 하버드 대학 졸업 후, 약 51권의 책을 썼다. 미국시문학협회에서 주관하는 시문학상의 최초 수상자이며, 1930년에 퓰리처상을 수상했고, 미 의회 도서관의 시문학 고문으로 초빙되었다_옮긴이

°° 프랑스의 서쪽 끝에 위치한 거친 바위섬. 과거 프랑스와 영국의 해전으로 유명해졌으며, 세계에서 가장 바쁜 물길을 가진 영국해협으로 들어서는 초입에 위치하기 때문에 해상 일기예보에 항상 등장한다_옮긴이

없는 말다툼이 끝난 후, 숨이 멎을 듯한 비명이 들렸다. 셋을 세는 아버지의 고함과 함께 두 발의 시끄러운 총성이 들렸다. 그는 발 뒤꿈치를 들고 조심스럽게 깜깜한 방으로 들어갔다. 그곳에는 아무런 미동도 없는 두 사람이 거리를 두고 쓰러져있었다. 그들이 이미 숨을 거두었다는 것을 깨달았다. 마치 그들과 함께 영원한 시간 속에 갇힌 것처럼 느껴졌다."

물론, 위에서 묘사된 소설 속 사건은 에이킨이 시 〈말다툼〉의 그것과는 다르다. 에이킨은 세 번 결혼했는데, 그의 초창기 작품인 〈말다툼〉은 아마도 1912년, 에이킨이 23살이었을 때 결혼한 그의 첫 번째 부인, 제시 맥도날드와의 일에 대해 쓴 것이라고 보는 것이 맞다.

모든 훌륭한 시가 그러하듯, 〈말다툼〉도 전달하고자 하는 그 내용뿐만 아니라, 표현 방법으로도 우리에게 감동을 준다. 노년의 W. B. 예이츠는 그의 젊은 시절에 쓴 시 여러 편을 고쳤는데, 그의 친구들 대부분은 그것에 대해 굉장히 격한 반응을 보였다. 예이츠는 그들을 향해 이렇게 반응한다.

내가 일을 그르치고 있다고 여기는 친구들

내가 매번 노래를 편곡할 때마다,
무슨 문제가 생기지는 않을까 조심해야 할까?

내가 바꾸려하는 건 바로 내 자신인데°

예이츠는 시를 읽고 쓰는 것이 윤리적 행위라고 선언하고 있다. 우선, 시인이 자신의 강직함을 회복하는 것이고, 그 후에 독자가 그것을 회복하게 하는 데에 목적이 있다고 말한다. 이것이 바로 에이킨이 〈말다툼〉 속에서 얻고자 했던 것이다. 예이츠는 이어서 이렇게 말한다. "위선, 허영, 악의, 오만으로부터 깨끗해지는 것은 참으로 어려운 일이다. 표현법의 발견이기 때문이다."

위의 말대로, 예이츠에게 있어 표현법이란 시의 윤리적 행위를 가능하게 해주는 수단이었다. 1930년 시모음집으로 퓰리처상을 수상한 콘래드 에이킨은 표현법의 장인으로 알려져 있다. 그중에서도 시의 형태 안에서 음악적인 탐구를 시도하는 시인으로 가장 추앙받는다. 〈말다툼〉을 읽다보면 각 연의 둘째, 넷째 행이 운을 맞추면서, 다양한 리듬으로, 각 행들이 얼마나 충실하게 선율적인지 들을 수 있다. 어떤 평론가들은 이렇게 시를 형식에 맞추는 방식이 미래지향적인 모더니즘을 거스르는 빅토리아 시대의 구시대적 스타일로 그의 안목을 고정시켜버린다고 혹평하기도 했다. 사실, 에이킨이 그의 훌륭한 동료였던 T. S. 엘리엇과 더불어 엄격하고 정형화된 초기 표현법을 추구했다는 것은 사실이다. 그러나 우리가 "표현법이란 누군가의 위선과 오만함을 정화

° W. B. 예이츠,《윌리엄 버틀러 예이츠 작품 모음집》

하는 수단이다."라고 단언한 예이츠의 말을 기억한다면, 에이킨의 형식주의가 더 나은 결과를 만들어 냈다는 사실에도 주목해야 한다. 〈말다툼〉은 단 하나의 음정도 잘못 표기된 곳이 없다. 역경 속에서 자신의 강직함을 회복하려는 목표를 정확히 조준하고 그 마지막까지 훌륭히 연주해낸다.

에이킨이 탄복해 마지않았던 19세기 표현법 시를 꼽자면 단연코 에밀리 디킨슨°의 시가 될 것이다. 에이킨은 그녀의 시를 너무나 좋아해서 《에밀리 디킨슨 시 모음집》(1924)을 편찬하기도 했다. 그녀의 사후에 출판된 작품들이 명성을 얻는 데에 큰 기여를 한 책이다. 디킨슨은 정확히 딱 맞는 표현의 단어를 찾는 데에 굉장히 까다로웠는데, 에이킨은 이런 그녀를 매우 귀한 스승으로 여겼다.

한 가지 예화만으로도 그녀의 집념을 이해하기에 충분하다. 디킨슨이 창작 중이었던 시의 자필 원고를 보면 그녀는 단어 하나를 고르기 위해 그 행의 여백에 13개의 형용사를 적어놓았다는 사실을 발견할 수 있다. 그 시의 줄거리 속 한 설교자는 남자아이들에게 성경 이야기를 하고 있다. 그는 설교를 더욱 생생하게 전달하기 위해 필요한 것을 찾고 있는 중이었다. 빈 곳에 단어 하

° 에밀리 엘리자베스 디킨슨은 미국 여류 시인이다. 1800여 편의 시를 썼지만, 당시의 다른 시들과는 많이 달라 생전에는 대중에게 인정받지 못했다_옮긴이

나가 빠진 그 문장은 다음과 같다.

그 이야기에 _____ 한 이야기꾼만 있다면

원문 | Had but the tale a _____ Teller

흥미롭게도, 여백을 가득히 채운 형용사들은 비슷한 뜻을 가진 단어들이 아니다. 그 단어들은 모두 그 설교자가 놓치고 있던 핵심을 각각의 다른 측면에서 찾아내기 위한 것들이었다. 승리하는winning, 친근한friendly, 감미로운mellow, 훈훈한hearty, 격렬한ardent, 또는 숨 막힐듯한breathless 등과 같은 단어들이 적혀 있었다. 듣는 이에게 이야기가 흥미로우려면 근본적으로 무엇이 필요할까? 디킨슨은 설교의 내용에서 그 정답을 찾지 않았다. 설교의 태도에서 그것을 찾아내었다. 그녀가 결정내린 단어는 '지저귀며 노래하듯이 낭랑한warbling'이었다. 아름다운 울음소리로 황제를 감동시켰다는 동화 속 밤꾀꼬리는 낭랑하게 노래한다. 오르페우스°도 낭랑하게 노래한다. 셰익스피어도 낭랑하게 말한다.(그의 언어는 청중들을 음악적으로 매료시켰다.) 따라서 성직자도 설교를 위해 낭랑하게 이야기해야 할 필요가 있다.

° 그리스 신화에 등장하는 인물로 그가 하는 노래에 따라 온 세상이 덩달아 기쁨에, 혹은 슬픔에 빠진다고 전해진다. 이 시의 다음 구절에 "오르페우스의 설교는 마음을 사로잡았지"라고 이어진다_옮긴이

콘래드의 〈말다툼〉도 낭랑하게 이야기한다. 그 노래는 당신을 각각의 문단마다 들뜨게 하고 천사의 목소리로 작은 크레센도를 만들면서 마친다. 이 시는 폭풍이 지나간 다음 찾아온 잠깐의 고요한 기다림으로 시작한다. 우리는 말다툼 끝에 찾아오는 침묵이 얼마나 어색하고 거북한지 잘 알고 있다.

> 낙담하고, 적막함으로, 서로 고개를 떨군 채로,
> 눈꺼풀 손가락 한 번 꿈쩍없이, 희망도 없이,

이런 어색함으로 인해 상대방으로부터 시선을 돌리게 된다. 그 분위기는 우리의 폐로부터 나와 방 밖으로까지도 퍼져나간다. 그 어떤 행동도 어색하기 짝이 없고, 스스로 부담스럽게 느껴져서, 마치 진흙 속이나 안개 속을 걷는 듯하다.

> 그렇게 될 리 없다고 알면서도
> 서로를 갈라놓은 말을 도로 주워 담고픈 소망이 간절한 채로

혀를 깨물어봤자 늦었다. 쏟아놓은 말들은 이미 허공으로 날아갔고 지금은 그 무게로 인해 당신의 마음만 괴로울 뿐이다. 한편으로 "서로를 갈라놓은 말을 도로 주워 담고픈"이라는, 어쩌면 철 지난 표현처럼 보이는 이 문구는 시의 두운법을 맞춰줄 뿐만 아니라 시의 격식과 상황의 중대함까지도 부여한다.

"어쩌다가 이런 일이 생긴 걸까?", "우리가 어쩌다가 이 지경이 된 거지?" 마치, 이런 뜻이 아니었을까? 갑작스러운 일로 인해 두 사람은 서로 불편한 관계가 되었다. 어느 누구도 어떻게, 왜 그렇게 된 것인지 모른다. 상처를 주었던 단어를 말할 당시에는 사소하게 느껴졌을 것이다. 그러나 곧 그 말은 까마득히 먼 수평선으로부터 뻗친 먹구름이 되어 돌아왔다. 어쩌면 그 말 속에 은근하게 비꼬는 어조가 있었는지도 모른다. 서로가 바로 알아차리지는 못했어도 마치 다 소화되지 못한 고통처럼 남아 의식과 기억 속에서 메아리치는지도 모른다. 그래서,

> 나뭇잎 하나가 떨어질 때의 작은 소리에, 그 그림자도 함께 쓰러졌는지.

에이킨이 자연으로부터 가져온 이 장면은 시에 서정성과 울적한 분위기를 더해 준다. 결국, 이것은 그저 단순한 말다툼이 아닌 두 '연인'의 말다툼이다. 다른 어떤 사람도 아닌 연인이라는 이 사실 때문에 가슴이 더 쓰라리고 저민다. 말다툼으로 인해 생긴 오해가 서로의 삶을 더 그늘지게 만들어 버릴 수 있는 관계이기 때문이다.

> 나는 통탄했다 — 아아, 이런 —
> 당신의 깊은 아름다움, 당신의 비극적인 아름다움이 갈가리

　　　찢겨,

　　　한 마리 잔인무도한 참새에 의해 갈가리 찢긴 빛바랜 꽃처럼 —

그의 연인이 가진 아름다움은 어쩌다 드리워진 어둠으로 인해 비
극으로 변했다. 비극이란 언제나 소중한 사람들이 쓰러진 이야기
이다. 시인은 그 연인의 아름다움을 깊다고 표현했다. 그가 본 것
은 외적인 아름다움보다 깊은 영혼의 아름다움이 분명하다. 그리
고 이제, 그 아름다움이 그에게서 떠나려고 하는 순간이다. 에이
컨은 불과 몇 개의 단어로 이 모순적이고 비극적인 진실을 적나
라하게 드러낸다. 우리가 무언가를, 혹은 누군가를 잃었을 때야
비로소 느끼는 소중함에 관한 진실 말이다. 그래서 또다시 에이
컨은 자연으로부터 소름 돋는 한 장면을 빌려와서는, 읽는 이로
하여금 피상적인 상황을 인식하게 만드는 수준을 넘어서 그 뇌리
에 직접적으로 장면을 심어버린다. 그 꽃은 "빛바래"었고 그 참
새는 "잔인무도wanton"하다. 이 단어는 "정당한 이유 없는" 혹은
"고의로"라는 뜻을 가진 구식 표현이다. 추측컨대, 이 참새는 연
인을 빛바래게 만들고 난 후에 자신의 잘못을 깨달은 화자를 가
리키는 것 같다. 에이컨의 하늘은 칠흑같이 어둡고, 화해에 대한
희망은 전부 사라져버렸다.

　　아마도 당신이 인생에서 너무 늦었다고 느꼈을 때, 이제는 전
부 끝났다는 상실감을 경험한 것과 비슷할 것 같다. 에이컨 시의

표현들은 카바피°의 시 〈신이 안토니우스를 버리네〉 — 음악이
큰 역할을 하는 또 하나의 시이다. — 와 함께 나의 옛 시절을 떠
올리게 한다. 내가 이 시를 읽었던 시점은 2006년, 아내 마리아와
최종적으로 결별한 직후였다. 안토니우스와 클레오파트라는 그
들이 아끼던 도시 알렉산드리아를 잃었다. 안토니우스는 그의 수
호신 디오니소스(술과 음악의 신)마저 잃었다. 카바피는 그에게 창
가로 가서 거리행렬에서 들리는 아름다운 음악에 귀를 기울여보
라고 재촉한다. 어떤 변명이나 거절도 하지 말고, 오로지 음악을
듣고, 그가 잃고 있는 것이 바로 이것임을 깨달으라고 말한다.

> 저 소리들, 저 낯선 행렬에서 들리는 절묘한 음악에
> 귀를 기울이라, 그것이 그대에게 주어진 마지막 즐거움이니
> 그리고 작별을 고하라
> 그대에게서 떠나가는 알렉산드리아에게 _류시화 옮김

우리의 결혼생활을 끝내기로 합의를 한 후 겨우 며칠이 지나서였
는지, 나는 이 부분을 읽는 것이 마치 꽉 낀 정장의 단추를 끄르
는 일처럼 느껴졌다. 이혼 후, 마리아를 만나서 그녀와 함께 소파
에 앉아 그녀에게 카바피의 시를 읽어주었다. 그녀와 함께 보낸
모든 세월이 나에게 얼마나 풍성한 것이었는지 알려주고 싶었다.

° 콘스탄틴 카바피. 이집트계 그리스 시인_옮긴이

우리의 삶을 처량하게 만들기 위해 그녀가 나에게 중요한 사람이 아니었다고 둘러대기 싫었고, 오히려 그녀가 내 인생에 가져다준 선물들을 항상 감사하게 생각하고 있다고 말해주고 싶었다. 어찌 그리하지 않을 수 있겠는가? 우리는 이제 더 이상 함께하고 있지 않은데 말이다.

〈말다툼〉에 등장하는 두 사람도 이미 틀어진 사이처럼 보인다.

  믿음이 희망과 함께 사라져버렸을 때,

그러나 모든 것이 사라져버린 그때, 에이킨은 깜짝 놀랄만한 장면으로 분위기를 바꾼다. 자연과 음악이 가진 친화력을 조합하여 우리를 전혀 다른 결과로 이끈다.

  빗소리들이 음모를 꾸민다.
  (……)
  우리의 심금을 향해, 그 잿빛 아르페지오를 튕겨 연주한다.

'심금Heartstrings'은 마치 '하프의 줄Harp strings'처럼 들린다. 아르페지오라는 단어는 이탈리아어 '아르페쟈레Arpeggiare'에서 유래한 말로 하프를 연주하다라는 뜻인데, 화음의 모든 음을 한꺼번에 치지 않고 한 음씩 순차적으로 연주하는 방식이다. 마침 빗방울 떨어지는 소리가 침묵이 감도는 방으로 들어온다. 그리고 이것은 시인에게 온 세상이 아르페지오를 연주하는 것으로 느껴진다. 그의 가슴에 맺힌 상실감이 한 음, 한 음 메아리치듯 연주되는 것처럼 들린다.

그러나 여전히 사랑은 더 이상 어떤 말도, 행동도 엄두를 내지 못하고, 여전히 모든 것은 절망적이다. 실낱같은 희망이 있지만, 사랑에 빠진 연인들을 위한 천국에의 소망은 영원히 사라진듯하다. 바로 그때! 지금까지 한 번도 들어본 적 없는 음악이 이웃집 어딘가로부터 흘러나온다. 지금까지 이웃집에서 음악 소리가 들린 적이 없었는데…… 음악 소리? 에이킨의 시 전체에 흐르고 있는 암시와도 같았던 그 소리가 정적을 깨고 "불굴의 의지를 알리는 생명"의 전령이 되었다. 하늘로부터 내려와 새로운 세상의 시작을 알리는 것이다. 그리고 그 출발은,

신성한 자의 애도에 의해 깊은 슬픔으로부터 빠져나와 꿈을 꾸듯

시작된다. 에이킨은 개인의 슬픔보다 큰, 깊은 의미의 슬픔을 암시하고 있다. 영국의 낭만파 시인 윌리엄 워즈워스는 이 슬픔을 "정적, 고요함, 인류가 가진 슬픈 음악"이라고 불렀다. 음악은 세상의 일을 확대한다. 음악은 한 사람의 소소한 이야기를 인류의 위대한 사랑 이야기로 변화시킨다. 음악은 시대를 초월하여, 인류 희노애락의 여정을 마치고 우리를 겸허한 동질감으로 하나 되

게 한다. 그 순간이 오면, 우리는 과거에 우리가 잃어버린 것에 대한 이야기에 연연할 필요가 없다. 우리는 단지 "기억의 눈"을 들면 된다. 그러면 그늘은 사라지고 "우리의 말다툼"은 그저 "우스꽝스러운 일"이 될 것이다.

그리고 그 때에 비로소 우리는 서로를 향해 용기를 내어 손을 뻗는다. 손을 잡고 입술을 맞추며, 마음을 연다. 몸은 이미 자신의 언어로 말하고 있고 마음속의 말은 더 이상 소리의 형태를 필요로 하지 않는다. 음악이 그런 고차원적 사랑의 교감으로 우리를 끌어 올려준다. 홀로 퍼지는 음악만이 사랑하는 사람이 하려는 말을 대신 해주고 있을 뿐이다. 이럴 때만큼은 셰익스피어의 명대사를 떠올리지 않을 수 없다.

만일 음악이 사랑의 양식이 된다면, 끊임없이 연주하라.

콘래드 에이킨
Conrad Aiken · 1889-1973

콘래드 에이킨은 조지아주 사바나에서 태어났다. 부모님의 죽음 이후, 그는 매사추세츠주에 있는 증조이모할머니 집에서 자랐고 1912년 하버드 대학교에 입학했다. 그의 첫 번째 시집《승리한 지구》가 1914년에 발표되며 곧바로 시인으로서의 명성을 얻었다. 에이킨의 작품 대부분은 정신분석학과 정체성 발달에 대한 그의 관심이 깊게 반영되었다. 에이킨은 33권의 시집을 발간했고, 그 중에 그의《시모음집》은 1954년 전미도서상 시부문에서 상을 수상했다.

4장

。

소리에
귀 기울이기

자유로움

Cutting Loose

_제임스 디키에게 바치며

윌리엄 스태포드

William Stafford · 1914-1993

때때로 슬픔으로 인해, 아무 이유 없이,

당신은 노래합니다. 아무런 이유도 없이,

길을 잃어버리는 법을 받아들이고,

다른 모든 것으로부터 자유로워져,

당신이 가고픈, 당신이 머물고픈 세상을 고릅니다.

불현듯, 나를 일깨우는 소리가 와서

변함없는 중심이 모든 것들을 쥐고 있다고 말합니다.

당신이 귀 기울여 듣는다면, 그 소리가

그것이 있는 곳을 말해줄 것이고,

고난을 무사히 지나쳐가게 될 것입니다.

어떤 일그러진 괴물들이

항상 길을 막고 서 있지만 — 그러나 바로 그때가

당신이 지나가기에 제일 좋은 때이고,

길을 잃어서 다행으로 느껴지는 때이고,

다시 한번 그것이 얼마나 분명히

세상에 존재하는지 깨닫는 때입니다.

소리에 귀 기울이기

이 시를 헌정 받은 미국의 시인이자 소설가, 제임스 디키는 저서 《바벨에서 비잔티움까지》를 통해 윌리엄 스태포드에 대해 말하기를, "그는 시를 통해 마치 중얼거리는 듯, 목소리를 높이지 않고도 놀라운 일들을 이야기할 수 있는 능력이 있다."고 했다. 디키가 언제 한번이라도 큰 소리를 내고 싶은 적이 있었냐고 물었을 때, 그는 그럴만한 이유를 찾지 못했다고 답했다. 〈자유로움〉에서 스태포드는 나지막한 목소리로 '사람으로 산다는 것'에 대한 깊은 진실을 말한다. 나 같은 사람들이 푹 빠져들 만한 그런 이야기이다.

예를 들어, 첫 문장을 보자. 단번에 관심이 생길만한 표현이다.

때때로 슬픔으로 인해, 아무 이유 없이,

당신은 노래합니다.

이 간략한 표현에는 수 세기에 걸쳐 인류가 목놓아 부른 애도와 비탄이 담겨져 있다. 이 한 줄에 오래된 영가靈歌의 분위기가 느껴진다. — "오! 마리아여, 울지 말거라. 슬퍼하지 말거라." — 블루스 음악의 격렬한 번민과 고통, 컨트리 음악의 쓸쓸함, 구약성경의 아가서, 그리고 중동과 인도 음악에 수없이 영감을 불어넣은 모든 영적인 갈망이 느껴진다. 세계 곳곳에서 사람들은 그들의 깊은 고뇌, 상실감, 슬픔을 노래를 통해 부르짖었다.

스태포드의 표현대로, 이 노래는 아무 이유 없이 갑자기 흘러나온다. 슬픔을 삭여보려고 하거나, 아니면 아예 속 시원하도록 크게 노래를 불러버리려는 것과는 거리가 멀다. 이 노래는 즉흥적인 폭발처럼 깊은 감정을 쏟아내 버리는 노래이다. 한 차원 높은 슬픔으로 다가가기 위해 자기 속의 노래하는 영을 깨워 고통을 고스란히 드러낸다. 인류 시작 이래로 인간의 가슴 속에서 흐느껴져왔던 고차원적 슬픔을 표현하려는 것이다.

그리고 그렇게 함으로써, 개인적인 슬픔의 노래는 어느덧 기쁨의 형태로 바뀐다. 마치 그 노래 자체가 연금술사의 증류기 역할을 한 셈이다. 포르투갈 사람들에게는 '사우다지Saudade°'라는 전통적인 노래가 있는데, 대략 고난 속의 즐거움, 기쁨 속의 우

° 사우다지란 한국의 한恨보다는 덜 응어리지고 서양의 우울함보다는 더 심오한 포르투갈만의 정서이다. 다른 나라의 언어로는 직역이 불가능한 단어로 그리운 대상을 향한 향수나 상실감, 깊은 우수와 가까운 뜻이라고 이해할 수 있다_옮긴이

환이라고 이해하면 된다. 스페인 사람들에게도 그들만의 정서인 '플라멩코Flamenco'가 있다.

우리도 길을 잃었을 때, 우리 안의 광야에서 울부짖는다. 그 울음에는 아무 이유도 없고 그 너머의 목적도 없다. 그 울음은 단지 길을 잃었다는 심정을 충실히 대변할 뿐이다. 어쩌면 우리는 항상 길을 잃지만 그것을 미처 깨닫지 못하는 것일 수도 있다. 혹은, 길을 잃었다는 걸 자각하고는 있지만 다른 길로 우회하면서, 인생의 운영방침에 맞춰 가려면 이 길이 덜 고통스러우면서 더 생산적이라고 위로하고 있는 것일지도 모른다.

나에게 있어 길을 잃어버렸다는 느낌은 언제나 허전함과 함께 왔던 것 같다. 마치 내 몸 중앙에 무엇으로도 채울 수 없는 구멍이 뚫린 기분이었다. 그래서 나는 나름 의미 있는 활동을 하는 것으로 나의 젊은 시절을 채우려고 했었다. 비영리 단체에서 일을 하거나, 〈가디언〉지에 사회적 책임에 대한 기사들을 게재하거나, 인도와 유럽의 현자들과 함께 수행을 하는 등의 활동을 했었다. 문제는, 내가 어떤 활동을 하더라도, 내가 무엇을 하기 위해 태어났는지, 혹은 여기 뭘 하러 왔는지를 전혀 모르고 있다는 느낌이 계속 들었다는 점이다. 외부에 있는 그 무엇도 내면의 공허를 채워주지 못했다.

그런데 오히려 그 시절에 내가 노력하지 않았던 일들로부터, 잃어버린다는 것과 비워진다는 것에 대한 감각을 온전히 배우게 되었고 현실에서 그 느낌을 직시하고 받아들이게 되었다. 내가 깨달은 바는, 우리가 그렇게 할 때에 마침내 우리의 눈에서 비늘이 벗겨지고 깊은 안식을 경험한다는 사실이다.

그런데 스태포드가 말하고자 한 자유로움은 내가 몸으로 겪은 실재의 고뇌보다 훨씬 간략한 개념일지도 모른다. 지난 50년간, 그는 매일 아침 철저하게 지켜온 집필 시간에 의자에 앉아 빈 노트 한 장을 그의 앞에 놓고, 잃어버린다는 것에 대한 단어들을 생각해 왔을지도 모른다. 1963년 전미도서상의 수상 소감을 밝히는 자리에서 그는 이렇게 말했다. "자신이 찾은 것이(혹은 자신을 찾아온 것이) 제대로 된 것인지 확신이 들 때까지 기꺼이 자아상실의 상태로 있어야 합니다. 정말 아무도 없이 홀로 남겨져 있을 때에, 그 유효함이 즉각적으로 인식이 되는지 말입니다. 그런 무아지경의 순간은 그렇게 되길 원했기 때문에 찾아온 건 아닐 겁니다. 어쩌다보니 본인도 모르게 그렇게 된 것이겠지요. 가능성의 광야야말로 이름 없는 넝쿨이 자라는 곳이지요. 그리고 시인의 시는 그 넝쿨과 함께 자랍니다."

"가능성의 광야", 그것이 그저 빈 페이지이든 혹은 방향을 잃은 느낌이든, 우리가 겪는 방향감각 상실은 마치 커다란 공허의 얼굴을 하고선 우리를 혼란스럽고 어리둥절하게 만든다. 하지만 어떤 경우에는, 그 순간에 오히려 삶의 현실을 벗어났다는 홍겨운 자유의 느낌을 주기도 한다. 시가 스스로 시인 앞에 모습을 드러낼 때까지 기꺼이 자아상실의 상태로 머물 때에, 비로소 시인 자신은 없어지고 광야로부터 이름 없는 넝쿨이 자라는 순간이 온다고 스태포드는 말한 것이다.

어느 날, 윌리엄 스태포드의 아들이자 시인이기도한 킴 스태포드에게 한 친구가 다가와, "너의 아버지의 상상력에는 마치 깨달음이 현실적인 실체로 변한 것처럼 느끼게 하는 순간이 있어."라고 말했다고 한다. 이어서 킴은 "그와 같은 순간에 욕심을 부리는 건 우리가 찾고자 하는 일에는 치명적인 것 같아. 우리는 그저 심호흡을 하고 기다리면 돼. 운이 따른다면, 우리가 찾는 그것이 먼저 우리를 찾으러 올 거야."라고 말했다.° 그것은 인생에서도 마찬가지이다. 스태포드는 그런 의미의 자유로움을 말하고 있는 것이다.

우리가 순순히 스스로를 놓아줄 때에 비로소 해방감이 등장한다. 스스로 단단한 고삐를 채워 삶을 조종하려는 강박, 그냥 지나치지 못하고 무언가를 꼭 알아내고자 하는 강박으로부터의 해방 말이다. 어쩌면 스태포드가 가리키는 것은 이런 것일 수도 있다.

> 다른 모든 것으로부터 자유로워져,
> 당신이 가고픈, 당신이 머물고픈 세상을 고릅니다.

우리가 다른 모든 것으로부터 자유로워졌을 때, 공허하다고 느끼

° 킴 스태포드, 《이른 아침: 나의 아버지, 윌리엄 스태포드를 기억하며》(2002)

는 허전함만 제외하면, 세상은 문을 활짝 열고 가능성의 광야가 되어준다. 겁이 나서 주눅이 들면서도 한편으로는 희망에 부풀어 흥겹기도 하다. 그 광야에 남겨진 존재는 결국 전진하기로 마음먹는다. 잠깐의 시간(어쩌면 1년)이 흐른 후, 알고 보니 그 존재는 우리의 이름을 달고 있던, 늘 알던 존재가 아닌 "모든 것들을 쥐고 있"는 "변함없는 중심"이었다.

피상적인 정체성에서 내면의 정체성으로 바뀐다는 것은 어찌 보면 간단해 보일 수도 있으나, 항상 쉬운 일은 아니다. 로즈메리 트롬머는 〈윌리엄 스태포드의 '자유로움'을 외우는 동안 한 줄을 잊어버리기〉라는 풍자적인 시를 지었는데, 아마도 이 시가 우리 마음을 잘 대변해 주는 것 같다.

> 그런데, 다른 모든 것으로부터 사라진다고?
> 그 가위°는 과연 어떤 모양일까?
> 그 가윗날의 크기를 상상해보자. 싹뚝. 나의 집. 싹뚝.
>
> 나의 가족. 싹뚝. 나의 목소리. 나의 얼굴.
> 나의 이름. 그리고 작은 가위가 들어와서는
> 속의 안 보이는 실가닥들마저 자른다. 싹뚝.

° 시인 로즈메리 트롬머는 〈자유로움〉의 원제인 'cutting loose'라는 표현에서 가위질을 연상한 듯하다_옮긴이

나의 신념들. 싹뚝. 나의 야망들. 싹뚝. 나의 재능들
나의 꿈들. 싹뚝. 싹뚝. 내 입술로 내가 말하기를
나는 벗어나고 싶다하면서도 나는
내 자신을 실크로 만든 구속복과 실크 가운으로
겹겹에, 겹겹에, 겹겹이 감싸버린다.

자기 자신이 사라진다는 것에 대한 두려움을 가진 사람이 시인
트롬머만은 아니겠지만, 자의식이 사라진다는 것은 영적인 측면
에서 매우 권장할만한 것이기도 하다. 물론 스태포드는 이것이
정체성을 잘못 이해한 결과라고 말한다. 우리의 실제 모습은 생
각 속의 자신과 다르다. 우리 모두의 생각 저변에 깔려있는 '소
리'는 일상생활 전반에 걸쳐있다. 만약 그 소리에 어떤 이름이 존
재한다면, '침묵의 소리'라고 할 수 있을 것이다. 우리 자신들보
다도 더 우리의 본질에 가까운 존재이다. 어디선가 뜬금없이, 말
그대로 "불현듯" 찾아오는 그 소리에 귀를 기울일 때, 그 소리가
우리를 단단한 토대 위로 인도할 것이며, 삶의 모든 것이 순조로
워질 거라고 스태포드는 확신하여 말한다.

당신이 귀 기울여 듣는다면, 그 소리가
그것이 있는 곳을 말해줄 것이고,
당신은 고난을 무사히 지나쳐가게 될 것입니다.

그 소리가 우리를 인도하는 곳(변함없는 중심)은 스태포드의 인생 경험의 심장부에 위치해 있다. 그 중심은 시인이 그의 작품 전체에서 언급하는 나침반과 같은 역할을 한다. 스태포드는 〈삶이 흘러가는 법〉이라는 시를 통해 이렇게 말한다.

> 당신이 붙잡고 따라가는 한 가닥의 실이 있습니다.
> 그 실은 시시때때로 바뀌는 것들 사이를 지나면서도
> 결코 변함이 없지요.
> 당신이 쫓아가는 것이 무엇인지 사람들이 궁금해하니
> 그 실이 무엇인지 당신이 설명해야겠어요.
> 하지만, 사람들 눈에는 그 실이 좀처럼 보이지 않을 거예요.
> 그것을 붙잡고 있는 동안에는, 당신이 길을 잃을 염려는 없어요.
> 사람들이 다치거나 죽는 비극들은 일어납니다.
> 당신 역시 고생하고 늙어갑니다.
> 세월이 펼쳐 놓는 것을 당신이라고 막을 수는 없으니
> 대신, 절대로 실을 놓치지 마세요.

인류는 시간과 영원의 교차점에서 살고 있다. 우리가 시간 속에 살아가는 한, 우리에게 언제나 시련이 다가온다. 그러나 우리가 그 실을 계속 붙들고 있으면, 다시 말해 우리가 바뀌지 않는 그 "변함없는 중심"의 소리를 따른다면, 설사 우리를 둘러싼 인생

이 끊임없이 바뀐다 할지라도 우리의 존재는 영원이라는 차원에 뿌리를 내리게 될 것이다. 모든 것이 이미 더할 나위 없이 만족스러운 영원이라는 곳 말이다. 그러고 나면, 스태포드의 또 다른 시 〈어느 날 아침〉에서와 같이, 우리는 자족하게 될 것이다.

그저 소파에 누워 행복을 누립니다.
머릿속에는 약간의 흥얼거림, 작고 조용한 소리만 있을 뿐.
불행은 지금은 다른 곳에서 한창 바쁘지요.
그가 세상에 나가서 해야 할 일이 쌓여 있습니다.

당신을 판단하는 사람들은 대부분 잠들어 버렸고,
당신을 항상 지켜보고 있을 수도 없는 노릇이라, 종종 그것을 잊어버립니다.
당신은 새벽이 산울타리 너머로 올라올 즈음 일어나서 바쁜 척하면 되지요.

이렇게 구석구석에, 천국의 작은 조각들이 숨어있답니다.
주변에 흩어져 있으니, 잘 주워서 아껴 놓으세요.
사람들은 심지어 당신이 그것들을 가지고 있다는 사실도 모를 겁니다.
그것들은 진짜 가벼워서 숨기기도 쉽거든요.

83

　나중에 늦은 오후 쯤 다른 사람들과 똑같이 행동하면 안 들킵니다.
　그때 쯤 다른 이들처럼 고개를 흔들며 얼굴을 찌푸리면 돼요.

사실 스태포드는 미국 경제대공황 시기에 캔자스주°에서 자랐고, 그의 아버지는 마땅한 일자리를 얻지 못했다. 그의 유년 시절에 대해, 스태포드는 다음과 같이 말한다.

"우리 가족은 제가 신문을 팔아 얻은 수입으로 근근이 살았어요. 그러니까 제가 하고 싶은 말은, 바로 그게 사람 사는 인생이라는 것입니다. 더 이상 어떻게 직접적이고 간단하게 설명할 수 있을지 모르겠어요. 만약 이렇게 생각해보면 어떨까요? 직업이 없는 사람들도 많습니다. 그리고 사탕무 밭에서 일하고 있는 사람들도 많이 있어요. 저도 그들 중 한 명이었지요. 당신도 아시다시피, 언제라도 그늘로 기어들어가 쉴 수 있었어요.°° 그리고 점심을 먹었죠. 땅콩버터와 잼을 바른 맛있는 샌드위치 같은 점심을요. 살아있다는 느낌, 음식의 맛, 사람들과의 교제는 사실 어느 곳에든지 있어요.°°°"

　　　° 　시골 중의 시골이었다_옮긴이
　　　°° 　노예제도와 깊은 관련이 있는 사탕수수 농장에 비해 사탕무 농장은 많은 노동력을 필요로 하지 않았다_옮긴이
　　　°°° 윌리엄 스태포드,《대답은 산 속에 있다: 글 쓰는 삶 위에 명상》

스태포드는 이러한 너그러운 관점을 선천적으로 가지고 태어난 사람 같다. 살아있다는 단순한 사실에 감사하고 일상의 깊은 풍미를 보고 듣고 맛보고 만질 수 있다는 사실에 감사할 수 있는 깊은 감각을 타고난 듯하다. 그의 시는 고통 가득한 세상의 중심에서 무성하게 자라는 아름다움과 순수함을 찬양하는 마음속 노래이다. 우리가 한 가닥의 실을 따라갈 때, 내면의 귀가 그 소리에 귀 기울일 때에 찾을 수 있는 아름다움과 순수함 말이다.

우리의 인생길에는 언제나 부러진 나뭇가지들과 돌들이 흩뿌려져 있을 것이다. 심지어 그런 장애물들조차 행로의 일부분이기도 하다. 우리는 천상의 존재들이 아니므로 오히려 그 장애물들이야 말로 우리 인생을 실체화한다. 그 장애물들이 우리를 먼저 부서뜨리지만 않는다면, 물리적 세계의 거친 모서리에서 우리는 영혼을 평온하게 할 저항력을 기르고 또 다른 세계를 향해 문을 열 수 있다. 우리가 열지 않으면 아무런 의미가 없는 세계. 윌리엄 스태포드의 시가 튀어나온 세계이다.

키츠의 말대로 현재의 삶은 "영혼생성 계곡"과 같다. 우리가 이런 관점으로 인생을 바라볼 때에, 길을 잃는다는 것은 단지 인생 여정의 부분일 뿐 아니라, 우리를 실체화시키는 왕도가 된다. 우리의 외적(객관적) 지식이 내적(주관적) 지식 즉, 변함없는 중심을 정확하게 반영한다는 뜻이다. 이런 이유로, 스태포드는 우리가 길을 잃어버리는 것을 심지어 기뻐할 수 있다고 말한 것이다.

윌리엄 스태포드는 1993년 8월 23일 아침, 오리건주 레이크

오스위고에서 아래와 같은 시를 남기고 심장마비로 사망했다.

"당신은 아무것도 증명할 필요 없어요."
나의 어머니의 말씀처럼,
"그저 하늘이 보내주는 것에 대한 준비만 되어있으면" 돼요.

그는 최후까지 멈추지 않는 소리와 소통하고 있었다.

윌리엄 스태포드

William Stafford · 1914-1993

캔자스주, 허친슨에서 태어난 스태포드는 학자 집안의 세 자녀
중 장남으로 태어났다. 미국 대공황기에 그의 가족들은 아버지
의 구직을 위해 이곳저곳 이사를 다녀야만 했다. 스태포드는 자
신을 비폭력 평화주의자, "이 땅에서 가장 조용한 사람"으로 묘
사하며 사회적, 문학적 기대로부터 독립된 자신만의 고유한 창
작법(조용한 음성)으로 작품을 쓰는 것으로 유명하다. 마흔 여섯
이 되어서야 그의 첫 주요 시집인《어둠 속 여행》을 출간하였고,
이 작품은 1963년 전미도서상을 수상하였다. 스태포드는 시인
로버트 블라이와 아주 가까운 친구이자 동료였으며, 시인으로서
늦은 출발에도 불구하고 문예지와 시선집에 지속적으로 기고하
여 지금은 57권의 시집을 발간한 시인이 되었다.

5장

。

본연의 놀라움

반짝이는
빗방울
Rain Light

W. S. 머윈

W.S.Merwin · 1927-2019

별들은 오래전부터 종일 지켜보고 있다

내 어머니는 이제 가야 할 때가 되었다고 말했다

내가 혼자가 되더라도 잘 지낼 것이라고 말했다

혹은 알거나 혹은 모르거나, 결국에는 알게 될 것이라고

새벽 빗속의 낡은 집을 보라

모든 꽃들이 물의 형체를 띠고 있음을

태양이 하얀 구름을 뚫고 그들을 깨닫게 하며

언덕 위에 흩어져있는 잡동사니들을 어루만진다

당신이 태어나기 한참 전부터 거기에 머물고 있었던

내세의 빛바랜 색깔들

그들이 어떻게 의문 하나 없이 깨어나는지 보라

비록 온 세상이 불타고 있음에도 불구하고

본연의 놀라움

〈반짝이는 빗방울〉은 특유의 방식으로 나의 감각들을 통과하며 진동한다. 그리고 그 흔적 속에 미세하게 반짝이는 놀라움을 남겨놓는다. 이 시를 읽은 후 한참의 시간이 흘러 일상생활로 바쁘게 움직일 때에도, 내 마음속에 남아 반짝인다. 잘 구워진 빵에 버터를 바르고 개에게 사료를 주고 밖에 나와 산책을 하는 등, 내가 무엇을 하던 간에 윌리엄 스탠리 머윈이 이 남다른 시를 통해 생성한 본연의 놀라움이 남긴 흔적은 좀처럼 가시지 않는다.

　우리가 여기 이 땅에 존재한다는 사실이나 별들이 우리의 탄생과 삶 속에 그들의 빛을 은은하게 심어주며 종종 눈앞을 자욱하게 가리는 안개의 베일을 벗길 때마다 우리를 환하게 비춘다는 사실이 놀라운 것이다. "꽃들이 물의 형체를 띠고" 살아 있는 세상의 모든 것들이 서로 연결되어 있을 뿐만 아니라 원천적으로 영원히 분리될 수 없다는 것이 놀랍다. 또한, 우리의 인생은 노스탤지어가 가득 깃든 기억이 우러나와 우리를 본향으로 향하게 한다는 것이 놀라울 따름이다.

머윈의 시는 고향의 향기를 따라가며 그 자취를 남긴다. 이는 언덕 위나 오두막집과 같은 어떤 특정한 장소도 아니고, 어머니에 대한 그리움도 아니다. 바로 지금, 지구 위에 살아가는 생명체에 대한 소중함을 향한다. 영원할 것 같아 보였던 자연의 세계가 점점 사라지고 위험에 처해지고 있다는 사실로 인한 그리움이다. 환경운동가로서 자연을 보호하기 위해 열정적으로 평생을 바친 머윈 같은 사람에게 이런 자연환경의 붕괴는 가슴 아픈 일이 아닐 수 없다.

그렇다고 그가 여기서 강론을 펼치려는 것은 아니다. 우리가 자연의 위험징후들을 무시할 경우에 생길 결과에 대해 경고하려는 것도 아니다. 〈반짝이는 빗방울〉은 어떤 사회적 메시지도 가지고 있지 않다. 오히려 각 행들 사이에서 배어나와 이제 막 싹을 틔우는 듯 태동하는 느낌을 전달하면서 흥분과 감동, 설렘, 놀라움마저 느끼게 한다. 이성적인 사고는 놀라움에 생기를 불어넣지 않는다. 생기를 불어넣기 위해서는 그보다 더 깊은 무언가가 필요하다. 간혹 접근하기 힘들게 느껴지기까지 하는 영역으로, 머윈과 그 앞 세대의 많은 이들 — 적어도 윌리엄 워즈워스, 새뮤얼 테일러 콜리지 같은 — 이 상상력(영감)이라고 부르던 것이다. 머윈이 볼 때, 우리를 유일무이한 인간으로 만들어주는 것은 지성이나 지능이 아니다. 바로 상상력이다. 상상력의 세계에는 이음새가 없다. 이상하게 들릴지 모르겠지만 모든 것은 단 하나의 단품이다. 그리고 〈반짝이는 빗방울〉은 지성과 의식을 가지고 이해하려는 독자들을 확실하게 납득시켜주지 않는다. 머윈 자신이 〈프레쉬에어〉지의 테리 그로스와의 인터뷰에서 밝혔듯이, 시인 자신도 이 시가 무엇에 관한 것인지 확실히 말하기는 어렵다고 했다.

이 시는 분명 언어로 적혀 있지만 그 느낌을 언어로 표현할 수 없는 시이다. 이 시는 이해하기 위한 시가 아니고 느끼기 위한 시이다. 그가 '이 시가 무엇에 관한 것인지 확실히 말하기는 어렵다'고 말한 것은 아마도 이런 맥락이 아니었을까? 우리가 할 수 있는 최선은 이 시를 읽고 나서 가슴속에 남겨진 것(흥분, 감동, 달라진 공기의 느낌, 몸에 전해진 전율 등)을 다른 말들로 대신 표현해보는 것이다.

〈반짝이는 빗방울〉을 묘사하기 위해서 이 글의 제목에 "놀라움"이라는 단어를 사용하긴 했지만, 이 시에서 배어나오는 풍미는 심지어 놀라움을 넘어선다. 어쩌면 '신비로움'이라는 단어를 쓸 수도 있겠다. 이 시를 읽는 동안 느껴지는 신비로움만큼이나 우리 자신들에 대한 신비로움을 느낄 수도 있다. 심지어 우리는 이 시가 무엇을 하려는지 알아채지도 못할 수도 있다. 어쩌면 그것이 이 시가 우리에게 자신의 역할(즉, 신비로움)을 해내는 것일지도 모른다. 우리는 '상실'이라는 또 다른 단어로 이 시를 표현할 수 있을 것 같다. 이 시는 상실의 통렬함이 가득하다. 시인이 어머니를 잃은 상실, 과거의 상실, 세상은 완전무결함을 상실하여 일그러져버렸다. 그러나 동시에 그 상실을 누그러뜨릴 다정함이 존재한다. (최소한 우리 중) 그 누구도 혹은 그 어느 것도, 다른 누구와 혹은 다른 어떤 것과 서로 별개의 존재가 아니라는 것을 아는 다정함 말이다. 즉, 죽음과 소멸을 초월하는 지식이다. 당신이 사랑하는 사람은 죽는다. 그런데도 별들은 계속 반짝인다. 심지어 시의 마지막 표현처럼 온 세상이 불타고 있을 때조차 우리 개개인을 넘어선 그 무언가는 버티고 있다.

　시인의 어머니는 아들에게 그가 잘 지낼 것이라고 안심시키고 있다. 그가

　　　혹은 알거나 혹은 모르거나, 결국에는 알게 될 것이라고

이와 같은 표현은 역설적으로 들린다. 이런 표현들은 다른 두 종류의 앎을 말하고 있다. 머리로 알게 되는 것과 가슴으로 알게 되는 것. 머윈은 그의 어머니의 말을 통해 시인 안에 있는 무언가가 그가 "잘 지낼 것"을 깨닫게 될 것이라고 말한다. 그가 머리로 이해하거나, 혹은 이해하지 못하더라도 말이다. 그 무엇은 '가슴으로부터 나오는 지성'이다. 말로는 소통하지 않고 고요함, 평온으로만 소통되어 느껴지는 감각이다. 우리도 스스로의 앞에 거짓 없이 섰을 때 이것을 깨달을 수 있다. 하지만 우리 인생의 바깥세

상 대부분은 그 반대편으로 가라고 우리에게 제안한다.

〈반짝이는 빗방울〉은 역설투성이다. 모든 것은 소멸하지만, 없어지는 것은 아무것도 없다. 역설은 대대로 내려온 지혜, 우리들의 논리적인 지성을 반박한다. 논리로 가득한 지성은 (우리 생각에) 세상이 어떤 곳인지, 그리고 어떻게 헤쳐나가야 하는지에 관해 알아야 할 것들을 대답해준다. 하지만 역설은 우리의 상상력을 향해 말한다. 그것은 우리를 다른 사고체계를 가진 존재로 일깨운다. 서로 상충되는 두 가지 중에서 '이것 아니면 저것, 둘 중에 하나만'이 아닌, '이것과 함께 저것도, 둘 다'를 말하는 존재로 바꾼다. 역설은 빛과 어둠 모두가 하나의 고유한 측면으로 존재하는 것이 세상이라고 말한다.

우리는 '가슴으로부터 나오는 지성'으로만 이 역설을 받아들일 수 있다. 그래야만 모든 생명으로부터 분리될 수 없는 우리 고유의 불가분성을 깨닫고 어떤 일이 일어나도 안식하게 된다. 생각은 분리하지만, 마음은 통합시킨다.

머윈의 어머니는 꽃들을 바라보게 함으로써 그에게 이 진리를 보여주었다. 물의 형체를 띄고 있는 꽃들은 태양에 의해 결실을 맺으며, 언덕 가에서 세월을 거듭하여 피어오른다. 그들은 이 방법을 통해 시간을 초월한다. 마치 세상의 모든 존재가 각기 저마다의 방법을 가지고 바람과 별들과 지구의 온화함 속에 참여함으로써 그들의 소멸을 초월하는 것처럼. 시인 어머니의 말처럼 에너지는 파괴되지 않으며 어디로 사라지지도 않는다.

비록 온 세상이 불타고 있음에도 불구하고

그녀는 머윈에게 그가 잘 지낼 것이라고 말한다. 만약 그가 머릿속으로 쉴 새 없이 답을 찾아 헤매며 논증에 휩싸이지 않고, 대신에 '가슴으로부터 나오는 지성'을 따른다면 그는 잘 지낼 것이다. 물론, 잘 지낸다는 것은 우리가 세상의 위기나 재난을 모른 척해도 된다는 뜻이 아니다. 이 땅에 대해, 인간과 동물, 삼나무 숲이 가득한 이 세상에 대해 신경 쓰지 않아도 된다는 뜻이 아니다. 결국 세상은 불타고 있다. 잘 지낸다는 말은 당신의 사적인 삶과 더불어 눈물을 참고 희망을 품으면서 큰 그림을 바라보라는 의미이다. 이 말은 당신이 할 수 있는 선행을 실천하는 중에도, 메아리처럼 울려 퍼지는 머윈의 어머니의 외침을 들으라는 뜻이다. 가슴 속 심장박동 소리처럼 울려 퍼지는 그 메아리를 말이다.

〈로스앤젤레스 타임스〉지의 에이미 거슬러 기자는 머윈을 "고대 역설의 연결자, 후세대 장로회 명상시인"이라고 불렀다. 사실이다. 그는 지난 수십 년간 명상시인이었고, 현재에도 그러하다. 또한 그는 후세대 장로교인이다. 머윈의 아버지는 집 안에서 음악과 춤을 엄격하게 금지한 장로회 목사였다. 다행히도 머윈은 아버지의 영향에서 일찌감치 벗어났고, 그의 시는 음악을 마음껏 노래한다. 그의 말기 작품들은 심지어 구두점조차 사용되지 않는다.

세 번째 행만 제외하면, 〈반짝이는 빗방울〉의 각 행들은 전부

아홉 음절로 되어있다.° 이 지속적인 화음은 위대한 모든 시가 그러하듯 마법을 펼치며 읽는 사람을 몽환과 비슷한 상태로 빠져들게 한다. 우리가 이런 스펀지 같은 상태가 되면, 인간의 언어로는 형언할 수 없는 지혜가 생겨난다. 영국의 군인이자 정치가, 시인 겸 평론가인 필립 시드니는 그의 시 〈시를 위한 변론〉에서 "시는 즐거움으로 시작해서 지혜로 마친다."고 말했다. 머윈의 시에 담긴 음악이 불러오는 것이 바로 그런 즐거움이다. 그것은 마치《템페스트》°° 속 아리엘의 음악처럼 마법에 걸린 상태와 같아서, 우리에게 더욱 선명한 시각을 부여하는 동시에 역설적이게도 더욱 더 몽환적인 즐거움을 채워준다.

사람들이 시로 인해 소심해지거나 혹은 이해하지 못하겠다고 말할 때에는, 그 구절 속에 있는 즐거움을 찾지 못했기 때문이라고 생각할 수 있다. 그저 페이지 위에 적힌 글씨를 보듯 시를 읽으면 우리가 받을 수 있는 즐거움도 그만큼 적어진다. 시의 소리와 리듬은 인간의 목소리를 통해 우리 흉골까지 전달된다. 자신의 목소리나 타인의 목소리를 통해서 시가 생명력을 얻을 때까지, 페이지를 채운 단어들은 양쪽의 차원에서 읽혀질 모험을 감수해야

° 영어 원문으로 시를 읽을 때, 아홉 음절로 나뉘어 들린다_옮긴이

°° 태풍이라는 뜻을 가진 셰익스피어의 후기 낭만극. 극 중에 등장하는 마법사 프로스페로가 복수를 위해 공기의 요정 아리엘을 시켜 바다 한가운데에 태풍을 일으킨다_옮긴이

만 한다. 이것이 시와 산문의 차이점이다.

　머윈의 시를 향한 사랑은 어린 시절부터 시를 낭송하는 소리를 듣고 자라면서 생긴 것이다. 그는 킹 제임스가 번역한 시편이나 아버지의 교회에서 울려 퍼지는 찬송가, 어머니가 낭송하는 테니슨°의 시를 들으면서 자랐을 것이다. 머윈의 창작활동은 듣기와 관계가 깊다. 그는 시를 머릿속에서 떠올리려 하지 않고, 귀 기울여 들으려 했다고 한다. 그는 시가 어디로부터 오는지, 어떻게 생기는지 모른다. 단지 매일 자리에 앉아 수 세기 동안 명상이라고 알려진 행동에 자신을 내맡길 뿐이다. 놀라움과 신비로움은 시 쓰기와 같은 창의적 활동에 있어서는 지극히 자연스러운 일부분이다.

　궁극적으로는 사랑이다. 마음속에서 〈반짝이는 빗방울〉은 사랑시이다. 살아있고 호흡하는 모든 것들과 과거와 현재와 미래를 향한 사랑을 담은 사랑시이다. 비록 현재는 어두워 보일 수도 있다. 체슬라브 밀로즈°°는 그의 시 〈사랑〉에서 이렇게 말한다.

　　　사랑이란 당신이 스스로를 바라보는 법을 배우는 것이다.

° 영국 빅토리아 시대의 계관시인_옮긴이

°° 체슬라브 밀로즈Czesław Miłosz는 폴란드 시인으로, 발음하기 어려운 이름으로 인해 체슬라프 미오우슈, 체슬로 밀로즈, 체스와프 미워시 등으로도 불린다_옮긴이

멀리 떨어져 있는 것들을 바라보는 방식으로.

왜냐면 당신도 수많은 것들의 오직 일부이기 때문이다.

그런 방식을 가진 사람이라면 누구든지, 그 마음이 치유될 것이다.

미처 깨닫지도 못하는 사이에, 여러 질병으로부터 ─

새와 나무가 그에게 속삭인다. 친구여.

시인 밀로즈에게 사랑이란 비╟애착을 의미한다. 생명 전체를 바라보는 넓은 시각으로 스스로의 인생을 보는 감각을 배우고, 자신의 삶도 오직 전체의 일부분이라는 사실을 체득하는 것이다. 역설적이게도, 이러한 비애착이야말로 우리가 스스로를 깨달을 수 있는 가장 친밀한 방법이다. 너무 친밀해서 새와 나무가 우리에게 '친구'라고 말할 수 있을 정도로. 우리는 그저 우리가 할 수 있는 것만 할 뿐이며, 내려놔야 할 것을 내려놓고, 보내야 할 것을 보내야 한다. 바로 이것이 머윈의 〈반짝이는 빗방울〉 전체에 흐르는, 비밀통로처럼 펼쳐진 사랑의 모습이다.

W. S. 머윈

윌리엄 스탠리 머윈은 장로회 목사의 아들로 뉴욕에서 태어났
다. 그 영향으로, 찬송가에 대한 머윈의 애정은 시를 향한 최초의
자극이 되었다. 프린스턴 대학 졸업 후, 그는 유럽에서 거주하거
나 여행하면서 각본가, 극작가이자 강사로 활동했다. 그는 현재
하와이 제도 마우이에 살고 있으며, 아내와 함께 파인애플 농장
이었던 곳에 집을 짓고 야자수 보호지로 가꾸고 있다. 그의 작품
속에 드러나는 주요 관심사와 주제는 자연으로부터 분리되는 인
간의 삶, 자연환경의 파괴이다. 최근 발표한 시집으로는 그의 두
번째 퓰리처상 수상작인 《시리우스의 그림자》(2009)와 《아침이
오기 전의 달빛》(2015), 《화원을 가꾸는 시간》(2016) 등이 있다.

6장

。

어둠 속의 빛

빛이 오는 방법

How the Light Comes

잔 리처드슨

Jan Richardson · 1967-

빛이 어떻게 오는지
당신에게 말해줄 수는 없다.

오직 내가 아는 것은
우리가 상상하는 것보다
훨씬 오래되었다는 것이다.

우리에게 닿기 위해
놀라울 만큼 광대한 곳을 지나
이동해 왔다는 것이다.

숨겨진 것을 찾기 위해
잃어버린 것을 찾기 위해
잊힌 것을 찾기 위해
혹은 위험에 빠지기도 하고
혹은 고통에 빠지기도 하고
그렇게 기꺼이 왔다는 것이다.

빛은 육체를 향한 애정을 가지고
육신이 되기 위한 자신만의 방법을 찾으며

형체의 그 테두리 흔적을 따라
눈과 손, 마음을 지나 빛을 발한다.

빛이 어떻게 오는지
당신에게 말해줄 수는 없다.
그러나 빛은 오고 있다.
언제나 그럴 것이다.
당신을 둘러싼 가장 깊은 어둠 속으로
비록 오랜 세월이 걸리는 것 같아 보여도
자신만의 방법을 찾아 올 것이다.
혹은 당신이 예견하지 못한 모양으로
당신에게 도달할 것이다.

그래서 오늘 우리는
그 빛을 향해 우리 자신의 몸을 돌린다.
그 빛이 우리를 찾을 수 있게
우리의 얼굴을 들어올린다.
그 빛이 만들어내는 호를 따라
우리의 몸을 구부린다.
그 축복된 빛이 오는 방향을 향해

우리의 마음을 열고,

더 활짝 열고, 잠잠히 기다린다.

어둠 속의 빛

잔 리처드슨은 이 놀라운 시에 '성탄을 위한 축복'이라는 부제를 달았다. 나는 독자를 너무 좁은 시각으로 시에 집중시키고 싶지 않아 이 부제를 포함시키지 않았다. 이는 보편적인 영성을 다루고 특정한 종교적 전통과 결부되는 것을 피하려는 이 책의 목적 때문이다. 리처드슨은 시인이자 화가이고, 통합감리교회 목회자이다. 〈빛이 오는 방법〉은 강림절로 시작하는 기독교 교회력의 절기를 따라 여러 편의 시를 수록한 시모음집 《은혜의 순환》에 속한 시이다.

그럼에도 이 시는 보편적인 영적 현실의 본질을 아주 깊이 다룬다. 어떤 종교적 정체성도 뛰어넘어, 삶이 힘들어 보일지라도 세상이 큰 혼돈 속에 빠질지라도 우리의 시선을 들어내어 영원히 현재형이고 영원히 진실한, 보편적인 영적 현실에 도달한다. 그 빛은 자의식의 비유적 표현으로서, 안쪽도 바깥쪽도 아닌 모든 곳을 전부 비추는 빛이다. 그것은 모든 종교적인 전통의 핵심이며 그 빛과 하나 되는 것이 모든 신비한 행로의 최종 목적이다.

리처드슨은 요한복음에 적힌 성탄 이야기로부터 영감을 얻었다. 요한복음의 성탄 이야기에는 여물통, 양치기, 천사 그리고 동방박사와 같은 장식적인 요소들이 없다. 특히, 예수의 제자들 중에서 요한은 영적인 지혜의 깊이에 있어서만큼은 다른 복음서 저자들보다 뛰어났다. 요한은 전통적인 성탄 이야기를 가장 원초적인 세 가지 요소의 이야기로 축약하였다. 그것은 바로 빛, 말씀, 성육신이다. 요한은 말했다. "그 빛이 어둠 속에서 비치니, 어둠이 그 빛을 이기지 못하였다."(요 1:5), "나는 세상의 빛이다. 나를 따르는 사람은 어둠 속에 다니지 아니하고, 생명의 빛을 얻을 것이다."(요 8:12)

위의 구절들과 그녀의 시인다운 상상력으로, 우리가 읽고 있는 이 시를 지었다. 그녀의 시에는 그리스도가 세상의 빛이라고 언급하는 부분이 없다. 대신, 빛이 스스로 빛을 낸다고 말한다. 시인은 그 빛이 어떻게 오는지 알지 못한다. 그러나 그녀는 오고 있다고 확신한다. (마치 나중에는 우리가 빛이 어떻게 오는지, 우리의 의식이 어떻게 시작되는지 알게 될 것처럼 말한다.) 그리고 그것은 언제나 "상상하는 것보다 훨씬 오래"된 일이다. 시간을 되돌려, 제때에 앞으로 돌려보아도, 시간 그 자체로는 빛이 어떻게 오는지 담아낼 수가 없다. 우리가 가진 가장 탄력적인 능력인 상상력을 발휘해도 그것을 알아낼 길이 없다. 신학이나 철학보다 훨씬 융통성 있고 변화무쌍한 상상력을 가지고도 그림조차 떠올리기 힘들다. 이것이 미국의 사상가이자 문학가인 헨리 데이비드 소로가 "당신의 모든 과학적 지식을 동원하여 어디로부터, 어떻게 빛이 영혼 속으로 들어가게 되었는지, 말해 보겠는가?"라고 질문한 의도였을 것이다. 그 빛과 말씀은 과학과 언어의 범주 너머에 있다. 하지만 우리가 가진 것으로 최선의 방법을 찾는다면, 아마도 표현 불가능한 것에 대해 표현할 수 있는 방법을 찾아줄 수 있는 '시'가 가장 적합한 형태일 것이다.

빛이 "숨겨진 것"과 "잃어버린 것"을 찾기 위해 기꺼이 왔다는 표현 속에는, 빛이 존재하지 못할 곳은 없으며, 아무리 어둡고 슬픔으로 가득하고 잊힌 존재의 구석일지라도 길을 찾아 낼 것이라는 주장을 내포하고 있다. 사실, "빛이 어둠 속에서 비치니"라고 말한 요한을 기억한다면, 언제나 모든 장소와 사물에 이미 존재하는 빛이 우리의 어둠속에도 이미 존재한다고 짐작할 수 있다. 이런 의미에서 빛은 오는 것도, 가는 것도 아니며 항상 존재하는 것이다. 심지어 언제나 발생하는 일상의 문제들과 우리를 골똘히 열중하게 만드는 일들로 인해 우리의 관심이 전부 빼앗겨, 그 사실을 깨닫지 못할지라도 말이다.

빛은 어느 곳에나 있다. 그것은 의식 그 자체이며, 깨달음의 존재는 워즈워스의 시 〈틴턴 수도원 몇 마일 떨어진 곳에서 지은 시〉 속의 그의 말처럼 "만물 가운데서 굴러간다".

둥근 태양과 살아있는 공기,
그리고 푸른 하늘과 사람의 마음속,
생각하는 모든 것, 모든 생각의 모든 대상을
움직이게 만드는 행동과 정신

반면, 리처드슨이 강조하는 특유의 기독교적 아이디어는 "빛은 육체를 향한 애정을 가지고" 있다는 사실이다. 이것은 예수와 같은 한 사람뿐 아니라 우리 모두의 성육신을 의미하는 아름다운 표현 방법이다. 그 빛이 우리의 삶을 인도할 때 우리들은 세상의 빛이 된다. 우리의 눈을 통해 빛이 빛나면 우리가 보는 모든 것에 빛을 비춘다. 빛이 우리의 손을 통해 빛나면 우리가 손대는 모든 것에 빛을 불어넣는다. 그리고 우리의 마음을 통해 빛나면 온 세상에 빛이 퍼진다. 10세기 비잔틴 교회의 성 시메온은 〈우리는 그리스도의 몸에서 깨어난다〉라는 시에서 아래와 같은 황홀경의 표현들을 적어놓았다.

나는 내 손을 움직인다, 그리고 놀랍게도
나의 손은 그리스도가 된다. 전부 그의 몸이 된다.
(……)
나는 내 발을 움직인다, 그리고 그 즉시
그가 번개의 섬광처럼 나타난다.
내 말이 불경하게 보이는가? ― 그렇다면

그에게 당신의 마음을 열어보라.

그리고 당신 스스로 그를 받아들이라.
그는 당신을 향해 깊숙이 마음 열 것이다.
우리가 진정으로 그를 사랑한다면,
우리가 그리스도의 몸 안에서 깨어날 것이기 때문이다.

우리 육체의 모든 곳, 전부 다
가장 감쪽같이 숨겨진 부분까지도
기쁨 안에서 그와 함께 깨닫게 될 것이다.
그리고 그는 우리를 완전한 실체로 만든다.

시메온의 깨어남(혹은 깨달음)은, 생각으로 인해 생긴 것이 아니다. 심지어 마음만으로도 생기지 않는다. 그것은 물리적인 존재를 통해서 발현된다. 이 같은 맥락에서 시메온은 육체와 정신, 생각과 마음, 이 세상과 저 세상의 구분을 없앤다. 물리적 세계에 대한 정의 중에서 이보다 더 아름다운 표현은 찾기 어려울 것 같다. 비록 기독교 정식 문헌과는 거리가 있는 시메온의 글이지만, 망가진 육체가 온전하게 되고 예수의 모습이 변화하는 기독교적 약속과는 잘 맞아 떨어지는 표현이다. 다만, 성 시메온이 말하는 외형적 변화가 예수가 살았던 과거 역사 속의 시대 혹은 미래에 다가올 심판의 날이 아닌, 현재 여기에 "진정으로 그를 사랑"하는 사람이라면 '누구든지'라는 사실만 제외하면 말이다. 시메온의 의미처럼 그 사랑 안에서 스스로를 잊고 스스로를 지울 수 있는 사람이라면 누구든지 말이다. 무無가 되기 위해.

　성 시메온은 빛의 체현화體現化를 주장한다. 빛 안에서의 체현화, 그리고 빛으로서의 체현화를 주장한다. 그리고 이것은 오랫동안 모든 종교에서 항상 위험한 발언으로 받아들여졌다. "나는 진실이다."라는 주장으로 유명해진 사람이 있다. 10세기 페르시아의 신비주의자, '알 할라즈'이다. 당시의 동방정교는 그가 스스로를 신이라 주장한다고 받아들였지만, 알 할라즈의 이슬람 신비주의 추종자들은 그의 주장을 분리된 자아의 신비스러운 소멸로 이해했으며, 그것을 통해 모든 사물과 하나가 되어 누구와도 소통 가능한 의식의 통합을 의미하는 것이라고 생각했다. 알 할라즈는 이슬람교의 최고 성지인 메카에서 "자기 마음속의 카바°를 일곱 번 도는 것이 중요하다."고 말하는 바람에 신성모독 행위로 유죄 판결을 받아 오랜 감옥 생활을 하였으며 결국 922년에 사형당했다. 수천 명의 사람들이 바그다드의 티그리스 강둑에서 그의 사형 집행을 지켜보았다. 처음에 사형 집행관은 그의 얼굴에 주먹을 휘둘렀고, 그 후 의식을 잃을 때까지 채찍을 휘둘렀으며 마지막엔 그의 목을 베었다. 증인들의 말에 따르면, 고문 중에 나온 알 할라즈

° 메카에 있는 신전으로 이슬람교도들의 성지순례 장소이다_옮긴이

의 마지막 유언은 "황홀경에 들기 위해 가장 중요한 것은 유일무
이함을 줄여 화합을 향해 가는 것이다."였다. 그가 쓴 글 중에 다
음과 같은 구절이 있다.

> 나는 나의 주를 마음의 눈으로 바라보았다.
> 나는 물었다. "당신은 누구입니까?"
> 그가 대답했다. "당신이다."

모든 신비주의 전통에는 유사한 깨달음이 있다. 우리가 찾고 있
는 빛의 발현이 바로 우리 자신이라는 깨달음이다.

그 빛은 개인적인 동시에 비非개인적이다. 그 빛은 세상의 사
건들과 분리시켜 생각할 수 없는 것이지만, 인류 문명의 암흑기
일 때에는 숨어버린 그 빛을 찾아내기가 어렵다. 또한, 그 빛을 개
인의 고난과도 분리시켜 생각할 수 없다. 어려움에 빠진 상황에
서 우리를 항상 지탱해주는 빛에 승복할 때에, 빛은 우리를 고난
으로부터 구해주기 때문이다. 우리의 국가, 이 지구, 이 세상을 위
해 우리가 느끼는 슬픔을 털어내기 위함이 아니다. 우리 모두가
격심하게 느끼는 개인의 고통(상한 육체의 고통, 상한 마음의 고통, 상
한 의지의 고통)을 지나쳐가기 위함도 아니며, 모든 고통은 그 안
에 숨겨진 선물이 있다는 케케묵은 말로 위로하려는 것도 아니
다. 방금 암 판정을 받은 사람에게 그것을 말해보라. 누구에게나
고난은 분명 괴롭다. 하지만 우리가 인정할 수밖에 없는 진실이

란, 더 이상 개인의 힘과 의지에 기댈 수 없어서 소리 내어 울거나 현실을 인정하고 엎드릴 때, 마음을 감싸고 있던 껍질이 깨지고 빛이 그 속으로 들어온다는 사실이다.

실제로 나의 파트너 브린 젠킨스에게 일어났던 일이다. 15년 전, 그녀의 남편은 심장마비로 갑자기 죽었다. 그녀가 나에게 말하기를,

어제까지 그가 내 곁에 있었는데, 오늘은 그이가 없네요. 그 사실이 내 인생을 완전히 바꾸어 놓았어요. 나는 날마다 슬픔의 깊은 안개 속에서 일어났어요. 고작 하루를 버티는 것도 견딜 수 없을 만큼 너무 힘들었어요. 누군가의 존재의 무게를 그렇게 크게 느껴본 적이 없어요. 남편을 떠나보낸 후 어느 날, 부엌에 혼자 가만히 있었는데, 갑자기 무언가가 느껴졌어요. 내 가슴 속으로부터 환하게 빛나는 어떤 것을요. 마치 태양이 창문 바깥이 아닌 내 몸속에 갑자기 출현한 느낌이었지요. 나는 멈춰 서서 이 흥미로운 현상을 느끼고 있었어요. 그 빛은 점점 더 밝아지고 강렬해졌어요. 그것은 가슴 정가운데 있는 진원지로부터 온몸으로 퍼져나갔고, 그 노란 빛은 방에까지 닿을 정도로 점점 더 강렬해졌어요. 그 후로도 몇 주, 몇 달 동안 수차례 이런 일이 발생했고, 내가 아무런 저항 없이 더욱더 깊은 슬픔에 빠질수록, 그 빛이 더 자주 출현하는 것 같았어요. 어느 날, 그 빛이 멈추고 나서 깨어날 때 저는 이렇게 생각했어요. "이제 최악은 끝났어." 저는 더 이상 고통을 두려워하지 않게 되었어요. 삶의 진정한 아름다움이란 받아들일 수밖에 없는 일에 (그것이 무슨 일이든) 마

음 깊이 승복하는 데에 있다는 것을 알게 되었거든요.

바로 이것이 리처드슨이 말하고자 하는 것이다. 빛이,

> 당신을 둘러싼 가장 깊은 어둠 속으로
> 비록 오랜 세월이 걸리는 것 같아 보여도
> 자신만의 방법을 찾아 올 것이다.

라고 표현하면서 말이다. 그것이 어떻게 가능할까? 그녀의 말
대로, 우리가

> 그 빛을 향해 우리 자신의 몸을 돌린다.
> 그 빛이 우리를 찾을 수 있게
> 우리의 얼굴을 들어올린다.
> (……)
> 그 축복된 빛이 오는 방향을 향해
> 우리의 마음을 열고,
> 더 활짝 열고, 잠잠히 기다린다.

면, 그렇게 될 것이다. 그녀의 표현은 성 시메온의 말을 메아리치
고 있다.

내 말이 불경하게 보이는가? — 그렇다면
그에게 당신의 마음을 열어보라.

그리고 당신 스스로 그를 받아들이라
그는 당신을 향해 깊숙이 마음 열 것이다.

이처럼 마음을 여는 행동은 의지만으로 되지 않는다. 마음을 여는 것은 그렇게 간단히 결정되는 일이 아니다. 오직 스스로가 배의 선장이 되려는, 또 우리의 기호에 맞게 삶을 지휘하려는 몸부림을 그만둘 때에만 우리 앞에 전혀 기대하지 않았던 또 다른 길이 열릴 수 있다. 어쩌면 그때야말로, 우리 모두가 등불이었음을 보게 될 것이다. 자신이 빛이라는 사실도 인지하지 못했던 빛나는 등불이었음을.

잔 리처드슨

Jan Richardson · 1967-

잔 리처드슨은 그녀의 그림과 글을 모아 작품으로 출간하는 웰스프링 스튜디오의 감독이자 여러 수양회와 강연회의 강연자로 활동하고 있으며, 현재는 올랜도에 위치한 통합감리교회에서 예술전임 목회자로 활동하고 있다. 그녀는 올랜도 카톨릭교구 소속의 수양센터에서 전속 예술가로 일했고, 플로리다 윈터파크에 위치한 제일통합감리교회에서 창의적 예배감독으로 11년간 근무했다. 그녀의 창작 활동은 그녀의 목회사역에서 드러난다. 그녀는 그림을 그리고, 콜라주를 만들고 시와 수필을 쓴다. 그녀의 남편이자 소중한 목회 동역자였던 개리슨 돌스는 2013년에 갑작스런 뇌동맥 이상으로 사망했으며, 이 슬픔과 아픔의 경험들은 그녀의 영적인 여정의 매우 중요한 일부분이 되어 많은 시와 그림에 반영되어 있다. 출간 도서로는 《은혜의 순환: 절기를 위한 축복의 책》(2015)와 시모음집《슬픔의 치료제》(2016)가 있다.

7장

。

'다른 이'는 없습니다

이제 최악을
알게 되었으니

Now You
Know the Worst

웬델 베리

Wendell Berry · 1934-

1995년 11월 6일 이츠하크 라빈의 장례식 날

홀로코스트 박물관을 방문한 나의 손녀딸들에게

이제 최악을 알게 되었으니

우리 인간들은 스스로에 대해 알아야 합니다.

그리고 미안합니다.

당신이 두려움에 떨 것을 나는 알기에,

일말의 동정심도 없이 불태워지기 위해

우리의 육신을 그들에게 빼앗겼다는 것을.

할 만한 다른 대답이 없습니다,

다른 이를 사랑하라는 말 밖에는.

심지어 원수까지도 사랑하라는 것은, 정말 어렵습니다.

하지만 기억하세요.

전쟁의 사람이 평화의 사람이 될 때,

그는 빛을 내는 존재가 됩니다. 신성한 빛을

그도 역시 사람이지만.

평화의 사람이 전쟁의 사람에게 죽임을 당할 때
그는 빛을 내는 존재가 됩니다.

우리는 어둠 속에서 걷지 않아도 됩니다.
당신이 사랑하려는 용기를 내려고 한다면,
당신은 빛 가운데 걷게 될 것입니다.

그것은 평화를 위해 고난 받은 사람들의 빛입니다.
그리고 이제 당신의 빛이 될 것입니다.

'다른 이'는 없습니다

시인이자 소설가이며 환경운동가인 웬델 베리는 매주 일요일 아침이 되면 켄터키에 위치한 그의 농장에서 홀로 산책의 시간을 보낸다. 그가 1970년대 말부터 지금까지 꾸준히 하는 일이다. 세상을 관찰하고 글을 쓰는 일요일 명상 시간을 통해 웬델 베리는 여러 편의 주옥같은 명상 시를 썼으며, 그것들을 모아《목재로 만든 합창단: 안식일 시집1979-1997》을 출간했다. 이 책에 수록된 시들은 〈이제 최악을 알게 되었으니〉를 포함하여 속죄와 뉘우침의 표현들이 많아서 마치 기도문처럼 느껴진다. 베리는 주로 야외의 조용한 곳에서 홀로 있을 때 이 시들을 썼다고 시집 머리말에 적어놓았다. 그리고 자신의 시를 읽을 때에도 조용한 곳에서, "열심보다는 인내심을 가지고 천천히" 읽기 바란다고 말했다.

　마치 기차와 충돌한 듯 충격적인 이 안식일 시의 첫 세 줄은 다음과 같이 시작한다.

> 이제 최악을 알게 되었으니
> 우리 인간들은 스스로에 대해 알아야 합니다.
> 그리고 미안합니다.

그의 손녀딸들은 홀로코스트 박물관을 방문했다. 아마도 워싱턴 DC나 휴스턴, 로스앤젤레스, 혹은 베를린에 있는 곳을 방문했을 것이다. 그리고 바로 그 날이 이츠하크 라빈의 장례식이 있던 날이다. 그는 이스라엘의 중심도시 텔 아비브에서 열린 집회에 참석했다가 오슬로 협정에 반대하는 극우파 청년이 쏜 총을 맞고 사망했다. 라빈은 1992년 이스라엘과 팔레스타인 간의 평화를 이끌어내며 이스라엘의 총리로 재당선되었고, 오슬로 협정의 과정 중 여러 팔레스타인의 지도자들과 함께 역사적인 동의서에 서명했으며, 그 공로를 인정받아 1994년에 시몬 페레스, 야세르 아라파트와 함께 노벨평화상을 수상한 사람이다. 장군 출신으로 오랜 세월을 이스라엘 군인으로서 살아온 그는 노벨평화상 강연에서 이렇게 말했다. "전 세계 각지에 있는 국군묘지는 인간의 삶을 거룩하게 만들기 위해 뽑힌 국가지도자들의 실패에 대한 암묵적인 증거입니다."

　　라빈과 그의 희생은 이스라엘 – 팔레스타인의 평화적 화해의 가능성에 대한 상징이 되었다. 비록 그 과정이 앞으로도 결코 순탄치 않다는 것이 현실이지만 말이다.

이 시의 첫 세 줄 중에서 가장 강력한 한 방이 느껴지는 부분은 단연코 "미안합니다."이다. 그 박물관에서 베리의 손녀딸들은 인류 역사상 가장 수치스러운 이야기 중 하나를 듣게 되었을 것이고, 한 인류가 다른 인류에게 행한 최악의 모습에 공포를 느꼈을 것이다. 그 손녀들이 박물관을 관람하는 그 시간에, 자신의 일생을 바치면서 유태인 국가를 대표해 평화를 지키려 했던 이스라엘 사람은 땅에 묻혔다. 홀로코스트 박물관에 전시된 집단적 비극은 지금 한 개인의 비극적 최후에 의해 연장되었다. 이제 베리의 손녀딸들은 그 곳에서 인류 최악의 모습을 보았으니, 일반적인 조건과 특정한 조건에서의 모든 인류의 모습을 알게 된 셈이다.

베리가 그들에게 말할 수 있는 유일한 말은 "미안합니다."였다. 이 '미안'이라는 단어가 나에게 그 어떤 말로도 채워지지 않는 공허감을 느끼게 해준다. 결코 정당화될 수 없는 살인과 고문으로 목숨을 잃은, 수없이 많은 사람들이 남기고 간 그 공허감을 느끼게 해준다. 어떤 행동으로도 그들의 눈물을 닦아낼 수가 없다. 이 미안함은 인간이 타인에게 저지를 수 있는 행위에 대해 우리가 얼마나 무력하고 속수무책인지를 자인하는 말이다. 이 미안함이 주는 참담함은 우리를 할 말이 없게 만들어버린다.

오래전, 뮌헨 외곽에 있는 다하우 강제수용소 시설들을 방문하였을 때, 나는 언어의 불충분함에 대해 직접적으로 느낀 적이 있다. 가스실 구석에 선, 수천 명의 남자와 여자와 아이들이 자신들의 최후가 눈앞에 온 것도 모른 채로 잔뜩 밀려 들어간, 길게 늘어서 있는 집단수용소들을 바라보고 있자니 온몸이 마비된 것 같았다. 울고 싶어도 눈물이 나지 않았고, 말할 수 있는 단어가 전혀 떠오르지 않았다. 내 혀에는 메마르고 쓰디쓴 재만 가득한 느낌이었다.

베리의 '미안'함에는 또 다른 의미가 있다. 바로 책임감에 대한 고백이다. 웬델 베리는 그의 세대가 다음 세대, 또 그 후대에게 남겨놓은 것에 미안해하고 있다. 그의 자손들이 자신들의 인류 역사의 일부분으로 받아들여야 할 이야기, 그리고 그 이야기와 함께 느끼게 될 공포를 물려주게 된 것에 대한 미안함이다. 베리는 악행을 저지른 가해자들과 자신을 별개의 존재로 생각하지 않는다. 그 사람들은 악했고, 오늘날의 우리는 그렇지 않다고 말하지 않는다. 우리 모두는 인간이 동족에게 행했던 불의와 악행에 대한 책임을 가지고 있다. 이것은 시대를 흐름을 따라 인류 여정에 깊이 스며들어 축적된 공동체적 실패이다.

내가 다하우 강제수용소를 방문했던 그 때에는 이것을 깨닫지 못했다. 그저 '어떻게 인간이(정확히 표현하자면 '그들이') 그와 같은 행위를 명령하고 이행할 수 없었을까?'라는생각에 충격을 받았던 것 같다. 이것을 저지른 사람들은 바로 그들이었다. 나도 아니고 우리도 아니다. 우리는 그들보다는 더 배운 사람들이고 더 문명화되었으며, 언제나 희생양을 요구해왔던 집단적 공포심에도 나름 면역된 사람들이다. 우리는 절대로 혐오, 살인 같은 비인간적인 행위를 할 정도로 타락한 사람들이 아니다. 과연 그러할까? 더 넓은 잣대로 보면, 우리 안에도 비인간적인 피가 흐르고 있음을 알게 된다. 우리는 출산조절시설(주로 낙태수술을 담당하는)에 반대한다고 해서 그 안에 있는 모든 사람들과 함께 그곳을 불태워버리는 끔찍한 일을 절대로 지지하지 않는다. 과연? 우리는 이민자들을 덮쳐 해하려하지 않고 그들을 가족들과 떼어놓고 돈 한 푼 없이 국경 너머로 던져버리지 않는다. 과연? 우리는 절대 이유 없는 폭력을 행사하지 않으며 신에 대한 믿음을 증명하기 위해 자살폭탄테러를 할 리도 없다. 과연?

다하우를 방문하고 나서 내 스스로의 삶 속에서, 또 우리 모두의 역사 속에서 배운 것이 있다. 아이러니하게도 그런 잔혹한 행동들은 인간이 아니면 할 수 없는 것들이라는 사실이다. 다른 어떤 피조물도 그런 고문을 생각해내지 못한다. 비인간성은 인간사에 기본적으로 내재되어 있고, 우리는 모두 잠재적인 비인간성을 가지고 있다. 심지어 낯선 사람, '외부인'이라는 개념은 자신의 행동의 정당성을 부여한 사람들에 의해 생기는 비인간적인 인식이다. 그들은 자신들이 너무나도 집착하는 그들만의 신념이 내린 논리적인 결론에 따라 행동한다. 신념과 그들이 생각하는 자신들의 모습 사이에는 어떤 틈도 존재하지 않는다. 그 신념은 그들의 정체성, 그 자체이다.

우리는 모두 이와 같이 스스로의 신념을 꼭 붙들고 있기에, 그 신념들이 원래 우리의 정체성의 일부인 양, 빈번하게 우리를 그것들과 섞어버린다. 그래서 이런 신념들에 대해 도전을 받거나 비난을 받을 때에, 마치 자신들이 위협을 당한 것처럼 느낀다. 일반적으로 우리는 신념을 따르기 위해 다른 이에게 해를 끼치는 극단적인 행동은 하지는 않는다. 하지만 그런 행동들은 주어진 조건 — 이를테면 잘못된 사람들과의 교류, 절묘한 시대상, 무기력한 기분, 의미상실 등 — 에 따라 얼마든지 우리에게도 일어날 수 있는 일이다. 우리는 우리가 저지를 수도 있는 일에 대해 결코 장담할 수 없다. 그 어떤 세대도 어떤 문명도 인류가 나치즘, 르완다, 폴 포트, 시리아의 사건들과 그리도 쉽게 연루되었다는 소름 돋는 진실로부터 자유롭지 못하다. 그 문명은 우리나라가 될 수도 있다.

웬델 베리에게, 인류 유산의 일부라 할 수 있는 비인간적인 행위에 대해 대답할 수 있는 유일한 말은 이것뿐이다.

일말의 동정심도 없이 불태워지기 위해
우리의 육신을 그들에게 빼앗겼다는 것을.

할 만한 다른 대답이 없습니다,
다른 이를 사랑하라는 말 밖에는.

"다른 이를 사랑하라"는 말은 자동차 범퍼 스티커의 문구만큼이나 진부하게 들릴 수 있다. 전부를 사랑하는 것이 한 사람을 사랑하는 것보다 훨씬 쉬운 것처럼 들린다. 다른 이를 사랑한다는 것을 그저 듣기 좋은 개념으로만 여긴다면, (특정한 누군가를 사랑하기 위해 다치고 넘어지고 멍들게 될 것이 아니기에) 우리는 추상적인 통념 안에서 마음 편히 지낼 수 있다. 그러나 남을 위한 사랑은 단순한 개념적인 이해를 초월하여 살아있는 경험으로 바뀔 수도 있다. 고통과 두려움, 갈망이 가득한 누군가의 입장이 되어봄으로써 우리는 공감하는 마음과 연민을 느껴볼 수 있다. 이런 방법으로 다른 사람들의 마음을 이해하면 할수록, 그들이 우리 자신이 된 것 같은 동지애를 더욱 느끼게 된다. 물론 우리가 타인의 인생 전체를 공감할 수는 없을 지라도 말이다. 이름조차 몰랐던 낯선 사람들이 이제 우리 눈에는 걱정과 기쁨과 열망이 가득한 살아있는 존재로 보이게 될 것이다. 슬픔과 희망이 가득한 그들의 삶은 마치 우리의 것처럼 느껴질 것이다.

맨해튼에 살고 있는 친구에게서 들은 이야기가 생각난다. 어느 날, 친구가 앉은 지하철의 반대편 자리에는 바닥을 바라보고 있는 한 남자가 있었다. 남자의 두 아이들은 지하철 곳곳을 누비며 서로를 향해 시끄럽게 소리치며 뛰고 있었다. 친구는 더 이상 참지 못하고 남자를 바라보며 이렇게 말했다.

"아니, 어떻게 좀 해봐요. 애들이 너무 심한 것 아니에요?"

"아! 정말 죄송합니다." 그 남자가 고개를 들며 이렇게 말했다. "제 아내가 몇 시간 전에 세상을 떠났어요. 그리고 우리는 그 병원에서 막 돌아오는 길입니다."

이 장면을 머릿속에 떠올려보자. 만약 아이들에 대해서 불평했던 사람이 당신이었다면, 당신은 그 아버지의 사과를 듣고 어떤 생각이 들었을까? 그 순간에 내 친구의 눈에는 시끄럽게 구는 두 아이와 그 남자가, 인생이 주는 거대한 슬픔의 파도에 압도되어 다치고 상처 입은 동지들로 보였을 것이다. 그 순간, 그들의 슬픔은 친구의 슬픔이 되었다. 내 친구는 그에게로 다가가 옆에 앉으면서 말했다. "정말 미안합니다." 거기에 무슨 다른 할 말이 있었겠는가? 그렇다면, 웬델 베리에게 무슨 다른 할 말이 있겠는가?

나오미 쉬하브 나이는 그녀의 시 〈친절함〉에서 말한다. 우리가 친절함이 무엇인지 정말로 알고 싶다면, 길가에 죽어 쓰러져 있는 사람을 바라볼 수 있어야 한다고.

> 그가 너일 수도 있었다는 것을 알아야 한다
> 그도 나름의 계획을 갖고 밤을 여행한 사람이었다
> 그를 살아 있게 했던 것도 단순한 호흡이었다 _류시화 옮김

우리가 다른 사람을 바라보고 공감하려는 순간, 그녀는 물체가 되는 것을 멈추고 대신 그 주체가 되었다. 우리가 역사 속에서 다른 이들에게 저지른 흉악함은 상대방을 사물로 보았기에 가능한 것이었다. 살아 숨 쉬는 사람이 아닌 물체로 보았기 때문이다. 우리가 '누구'를 '무엇'으로 바꾸고 나면, 그를 학대하거나 죽이는 것이 더 쉬워진다. 왜냐하면, 우리 마음속에 그는 우리의 방식대

로 살아있는 존재가 아니기 때문이다. 그렇게 초기 미국 정착민들은 아무런 처벌도 받지 않고 토착민들을 살해할 수 있었다. 그들에게는 영혼이 없다고 믿었기 때문이다. 아프리카에서 운반되어 온 노예들은 짐승처럼 대우받았다. 그들을 온전한 인간으로 여기지 않았기 때문이다.

그렇다면 우리가 해야 할 것은, 선을 넘는 사람들을 인도적으로 대하는 연습을 의식적으로 하는 것이다. ― 우리는 연습이 필요하다. 왜냐면 인간은 오랜 세월에 걸쳐, 온전한 형체를 가진 '다른 이'를 적대세력으로 보고, 그 속에서 위험의 냄새가 나는지 코를 킁킁대도록 의식이 고정화되었기 때문이다 ― 비록 그들의 행동이 비인간적일 수도 있지만 말이다. 우리의 연습은 그들을 무조건적으로 용납하거나 외면한다는 뜻이 아니라, 그들의 행동 너머에 있는 외로운 자아들을 꿰뚫어 보기 위함이다. 세상의 모든 생명체들에게 등을 돌리고, 마치 자신들의 환경(사람과 자연 모두)을 지배해야만 살아남을 수 있다고 믿는 쓸쓸한 영혼을 살펴보기 위함이다. 베리는 우리의 깊은 인간성이 우리를 "심지어 원수까지도 사랑"하도록 요청한다고 고백한다.

심지어 원수까지도 사랑하라는 것은, 정말 어렵습니다.

참으로 어려운 일이다. 그래서 이걸 어떻게 시작해야할까? 2011년 세상을 타계한 팔레스타인의 위대한 시인, 타하 무하마드 알

리는 그의 위대한 시 〈복수〉을 통해 이를 어떻게 시작해야 하는
지 보여준다. 기념품 가게의 주인이었던 무하마드 알리는 이스라
엘 통치령 나사렛에 살고 있었다. 시인은 만약 그의 아버지를 살
해하고 그들의 집을 부서뜨리고 그를 조국으로부터 추방시켜버
린 한 남자를 만날 수 있다면, 그에게 일대일 결투를 신청하고 복
수할 것이라고 말한다.

> 그러나 내 원수가 내 앞에 나타날 때,
> 만약 이와 같은 사실을 알게 된다면,
> 그를 기다리고 있는 어머니가 계시거나,
> 만나기로 약속한 시간에 ―
> 그의 아들이 고작 15분 늦을 때에도
> 심장 위로 오른손을 얹어 기도하는 아버지가 계시다면,
> 그때는, 나는 그를 죽이지 않을 것이다.
> 비록 내가 할 수 있을 지라도.

알리는 그 남자에게 사랑하는 형제나, 자매나, 부인이나, 아이들
이나, 친구나, 이웃이나, 감옥이나 병원에 동료가 있었다고 해도
그를 죽이지 않았을 것이다. 심지어 그 사람이,

> 나무에서 부러져 떨어진 가치처럼 ―

아는 사람이 아무도 없고, 친구도, 가족도 없다는 사실이 밝혀질
지라도, 그는 여전히 자신의 외로움을 그 남자가 똑같이 느끼게
하려는 복수를 하지 않았을 것이다. 아무 말 없이 그를 지나쳐 갈
것이고, 그것이 그의 유일한 복수이다. 식민지화된 팔레스타인에
서 그가 수없이 설교했던 바를 실천하게 되었던 무하마드 알리는
고상하게 앉아 철학적인 이상을 가르치는 게 아니라 자신의 경험
으로부터 말하고 있는 것이다. 시 〈복수〉를 통해 그는 우리의 적
을 인간적으로 대하고, 그 누구도 대체할 수 없는 인류 가족의 일
부분으로서 우리와 똑같게 느끼라고 권고한다. 알리 시의 주인공
은 웬델 베리의 시가 말하고자 하는 바에 대한 좋은 예가 된다.

하지만 기억하세요.
전쟁의 사람이 평화의 사람이 될 때,
그는 빛을 내는 존재가 됩니다. 신성한 빛을

그도 역시 사람이지만.

위대한 영적 지도자, 달라이 라마는 우리가 어떻게 그 원리를 받
아들이고 온 인류에게(우리의 죽음을 바라는 이들까지도 모두) 확장
할 수 있는지 보여준다. 중국 정부는 달라이 라마의 죽음을 원했
다. 그들은 달라이 라마를 마치 중국을 전복시키고 계속해서 티
베트 사람들을 시대착오적인 종교적 신념으로 묶으려는 악마처

럼 그려놓았다. 그들의 증오에 대한 달라이 라마의 반응은, 바닥
에 앉아서 그들이 내뿜는 연기와 흑담즙같은 독을 들이마시고 그
의 심장으로부터 방출되는 끊임없는 사랑과 연민을 그들에게 되
돌려주는 것이었다. 우리는 이것을 초심자의 간단한 방식으로 연
습해 볼 수 있다. 누구를 만나든지 마음속의 경계를 풀고, 대화 속
에서 그 차이를 느껴보는 방법이다.

> 당신이 사랑하려는 용기를 내려고 한다면,
> 당신은 빛 가운데 걷게 될 것입니다.

웬델 베리의 말이 옳다. 사랑으로 응답하려면 용기가 필요하다.
타하 무하마드 알리나 달라이 라마와 같은 대응을 하려면 큰 용
기가 필요하다는 것은 분명한 일이다. 하지만 우리 같은 사람들
에게는 본능적인 반발심을 뛰어넘어, 열린 마음으로 응대하는 작
은 일에도 용기가 필요하다. 항상 옳다고 믿는 대로만 행동하지
않으려는 용기, 자기방어와 자기정당화를 향한 습관적인 본능에
대항하려고 하는 용기, 우리에게는 이런 일상의 가장 사소한 교
전에서조차 용기가 필요하다.

　말로는 쉽다. 하지만 이것을 실천하기가 쉬운 일은 아니라는
것을 우리 모두 알고 있다. 특히 주변 세상이 아주 어둡게 보일 때
는 더더욱 그렇다. 그러나 9.11 세계무역센터 테러와 같은 짙은
어둠의 중심으로부터, 동물학자 스티븐 제이 굴드는 〈뉴욕 타임

즈)지에 이와 같은 아름다운 글을 남겼다.

> 인류 역사 속의 비극은 악한 사람들에 의해서 자주 저질러지는 작은 행
> 동에서 온 것이 아니다. 악이 드물게 저지르는 커다란 행동에 의해서 파
> 멸을 가져올 가능성이 높다. 복잡한 체계를 가진 조직이 세워지려면 차
> 근차근 단계를 거쳐야 하지만, 그것의 파멸은 한 순간이다. 따라서 내가
> '위대한 비대칭'이라고 부르는 이 관점에서 볼 때, 모든 엄청난 악의 사
> 건들은 10,000개의 선한 행동으로만 그 균형을 유지시킬 수 있다. 절대
> 다수가 행하는, 일상의 수고처럼 너무나 사소해서 눈에 잘 띄지도 않는
> 아주 평범한 선행 말이다. (……)
>
> 우리 표현 중에서, 그라운드 제로°는 전 세계적으로 무수히 많은 선한
> 행적들의 경로가 되는 곳이고, 거대한 망을 형성하며 분주하게 움직이
> 는 선행들을 위한 중요한 지점이다. 어마어마한 무게를 가진 인간의 품
> 위라는 것을 재확인하기 위해서 반드시 기록되어야 하는 선행들 말이
> 다. 그라운드 제로의 부서진 잔재들이 아무 소리도 내지 않고 그대로 남
> 아있는 동안, 인류의 활동은 벌집에서 일하는 꿀벌처럼 끊임없이 움직
> 였고, 전 세계로 퍼져나갔다. 각각의 수단과 기술을 따라 모든 이가 사심
> 없이 크고 작게 (하지만 동등한 가치로) 기부하였다. (……)
>
> 위로의 말은 자애의 불처럼 퍼졌으며, 사람들은 온라인으로 중계를 하

° 핵무기가 폭발한 지점 또는 뉴욕 세계무역센터 테러 현장의 피
폭 중심지를 뜻한다_옮긴이

고, 다량의 건전지부터 10,000달러 상당의 안전모에 이르는 수많은 구호품을 가져왔다.

'자애의 불'은 옳고 그름의 모든 개념을 넘어서는 행동에 대한 회화적 표현이다. 굴드는 맨해튼 다운타운의 그의 집 앞에서 일어난 재난에도 불구하고 이와 같은 인간 정신에 대한 믿음을 잃지 않았다. 그의 발언은 더 큰 인간 정신을 반영한다. 공포에 질려 어둠의 얼굴 속으로 숨어버리기 쉬운 자신보다는, 살아 숨 쉬는 모든 존재들과 하나의 몸과 하나의 마음이 된 자신을 아는 것. 모든 생명과 더불어 진정으로 공유된 하나의 정체성. 우리가 이것을 더 기억하려고 노력할수록, 우리의 부서진 세상은 더 많이 치유될 것이다. 이를 위해 삶이 허락하는 그 무엇이라도 노력한다면 우리의 인생은 영적으로 풍성함이 약속된 삶을 사는 것과도 같을 이다. 비록 그렇게 하는 것이 미래를 보증해주지는 않는다 하더라도, 우리 인류는 사랑할 가치가 있고, 노력할 가치가 있고, 그를 위해 기도할 가치가 있는 것이다. 어떤 이유를 불문하고서라도.

웬델 베리
Wendell Berry · 1934-

인간과 대지大地의 관계, 자연과 더불어 사는 인생에 열띤 관심을
가지고 있는 농부로 살고 있는 웬델 베리는 현재 그의 고향 켄터
키에 살고 있다. 그는 30권이 넘는 시집, 수필집, 소설을 쓴 작가
이다. 〈크리스찬 사이언스 모니터〉지의 한 평론가는 "베리의 시
는 삶의 역설적인 기이함과 놀라움을 깊이 생각하는 장인의 부
드러운 지혜로 빛난다."고 말했다.

8장

。

기쁨을 위한 변론

변론답변서

A Brief for the Defense

잭 길버트

Jack Gilbert · 1925-2012

어디에도 슬픔. 어디에도 죽음.

어디선가 아이들이 굶어 죽지 않으면

다른 곳의 아이들이 굶어 죽는다. 콧구멍에 파리만 가득한 채로.

그러나 우리는 삶을 향유한다. 그것이 신이 원하는 것이기에.

그렇지 않으면 여름 새벽의 떠오르는 해가 그토록 아름다울 리

없다.

벵갈 호랑이가 그토록 멋들어지게 차려입었을 리 없다.

우물가의 가난한 여인들이 다 같이 모여 웃고 떠든다.

그들이 받은 고통을 나누고, 다가올 두려운 미래를 말하면서도

마을의 누군가가 몹시 아픈 와중에도 웃고 떠든다.

콜카타의 참혹한 거리에도 매일 웃음소리가 들리고,

뭄바이 빈민촌의 여인들에게서도 웃음이 있다.

만약 우리가 행복을 부정하고 자족함에 저항하려 한다면,

우리는 그들이 박탈당한 것의 가치를 얕보는 것이다.

우리는 기쁨을 위해 위험을 감수해야만 한다.

우리는 쾌락 없이도 살 수 있다.

하지만 기쁨 없이는, 즐거움 없이는 살 수 없다.

이 세상의 무자비한 용광로 속에서도

기쁨을 수락하려는 고집이 있어야 한다.

얼마나 부당한지에 대해서만 우리의 관심을 쏟는다면

악마를 찬양하는 것과 다를 바 없다.

만약 신의 기관차가 우리를 들이받아 끝내려 한다면,

그 장엄한 최후를 주심에 감사해야 한다.

이 모든 것에도 불구하고, 우리에게 음악이 있음을 기억해야 한다.

늦은 밤, 조그마한 항구에 우리의 작은 배를 정박시키고,

뱃머리에 다시금 서서 잠들어 있는 섬을 바라본다.

해안가의 세 카페는 문을 닫았고, 덮개 없는 등불 하나가 타오른다.

고요함 가운데 작은 보트 하나가 느리게 오고 가는

그 희미한 노 젓는 소리를 듣는 것이

지금까지, 또 앞으로 올 모든 슬픔의 세월에 견줄 만한

진정한 가치가 있다는 것을.

기쁨을 위한 변론

우리가 기쁨을 지키기 위해 변호사의 변론이 필요하게 될지 누가 상상이나 했겠는가? 하지만 잭 길버트는 그렇게 생각한 것이 분명하다. 다만 그가 변론을 메아리치는 시처럼 그려놓았다는 사실만 빼면 말이다. 힘든 세상일수록 기쁨이 더 필요하다는 생각을 하는 이가 시인 혼자만은 아닐 것이다. 터키의 소설가 오르한 파묵의 소설《눈》을 보면, 한 사람이 자신의 마음속에 솟아오르는 행복을 억누르기 위해 술을 마셨다고 다른 사람에게 말하는 장면이 있다. 이 장면의 배경은 카스라는 도시인데 터키의 북동쪽 끝에 있는 곳으로 연중 수개월을 눈과 얼음에 파묻혀있는 지역이다. 춥고 어두운 그 곳에서 음주는 흔한 것일 테고, 아마도 혹독하고 불편한 환경으로부터 생기는 우울함이 그 원인일 것이다. 따라서 그의 소설 속 인물이 술 취한 이유가 우울이 아닌, 솟아나는 기쁨

143

때문이라는 파묵의 설정은 참으로 의외일 수밖에 없다.

다른 대륙에서, 웬델 베리는 이와 비슷한 표현을 썼다.

> 왜 다들 당황해하는 걸까?
> 그저 행복해하는 것뿐인데.°

베리의 질문은 서로 관련이 있는 두 가지의 반응을 불러낸다. 기쁨은 우리를 들뜨게 하고 즉흥적이게 하고 속박으로부터의 자유를 느끼게 해준다는 것이다. 그런데 이는 어째서 행복이 당황스러울 수 있는지에 대한 이유가 될 수도 있다. 특히 그 행복이 마음속 깊은 곳의 기쁨으로부터 나온 경우, 평소 우리의 사회적 금기 사항이나 압박이 약해지거나 심지어 사라져버리기 때문이다. 가끔 우리는 우리 자신을 잊을 때가 있다. 어른다운 진지함을 잃어버릴 때가 있다. 책임감이 주는 무게를, 일상을 가득 채운 문제들과 해야 할 일들을 잊어버리기도 한다. 한 때 우리에게도 있었던 어린아이의 천진난만함이 풀려난다. 자신을 잊어버리고 즉흥적으로 기분이 들뜬 순간에는, 스스로 바보같이 행동하기도 한다. 틀린 것을 말하거나 경솔하게 말하기도 하고 혹은, 아무도 듣고 싶어 하지 않는 사실을 말하기도 한다. 그럴 때, 우리는 잠시 자리를 피해 뒤로 물러나서, 혀를 깨물고, 그 곳을 빠져나가서 산책을

° 웬델 베리, 〈왜〉,《주어진 시 모음》

한다. 혹은 자신에 실수에 대한 그럴듯한 변명을 만들기 위해 술에 취한다. 카스 같은 곳의 지역문화와도 잘 어울리는 행동이다. 그것도 아니라면, 부끄러워서 얼굴이 새빨개질 것이다.

우리 대부분의 어린 시절을 돌아보면, 예의를 갖추고 말과 행동을 조심하도록 교육받은 경험을 가지고 있다. 우리의 본연의 의기양양함은 평상시에는 목줄이 채워졌다가 운동 경기처럼 문화적으로 용납 가능한 조건에서만 풀려난다. 그래서 나이가 들수록 우리 본연의 기쁨과 함께 죄책감도 함께 올라온다. 마치 어린 시절처럼, 우리의 천진난만함이 무슨 일을 벌이지는 않을까 항상 감시해야 할 것 같은 기분을 느낀다.

〈변론답변서〉에서 잭 길버트가 기쁨을 변론하기 위해 말하는 주요 논점은 이것이다. '재판관님, 우린 유죄가 아닙니다.' 우리 모두는 세상이 얼마나 심각하게 엉망진창인지 매일매일 듣고 있다. 세상은 언제나 그래왔고, 좀처럼 나아질 기미가 보이지 않는다. 들려오는 사람과 나라의 이름만 바뀔 뿐, 뉴스는 언제나 같은 내용이다. "어디에도 슬픔. 어디에도 죽음." 길버트가 굳이 상기시켜주지 않아도 될 정도이다. 얼마 전에 보스니아가 그랬고, 그 다음에는 코소보가, 그 다음에는 르완다와 콩고가 그랬다. 그 후에는 알레포였고, 지중해에서는 매주 수천 명의 이민자들이 익사해 죽었다. 그 다음에는 미얀마였고, 팔레스타인 소식은 뉴스에서 결코 빠지는 법이 없다. 내일은 당신이 살고 있는 동네 길 건너편에서 무슨 일이 생길지도 모른다.

이 모든 고통과 슬픔에 대한 우리의 책임은 무엇일까? 우리 모두는 동족이다. 피부 색깔이 어떠하든지 간에 우리 모두는 본질적으로 한 인류이다. 비록 때때로 (심지어는 자주) 그렇게 안 느껴지지만 말이다. 스스로 인정하든지, 안 하든지 어쨌건 우리 모두는 트럼프를 대통령으로 뽑은 사람들과 동족이고 시리아 시민들 머리 위로 폭탄을 떨어뜨린 러시아 조종사들과 친인척이다. 따라서 마음을 연 정도에 따라 우리 모두는 주변의 고통을 공유하는 셈이다. 모두가 한 인류이기에, 설사 우리가 저지른 잘못이 아니더라도 책임을 면할 수는 없다. 공동체적 책임에 대한 질문에, 길버트는 두 주먹을 불끈 쥐고 자신이나 상대방을 비난하기보다는 "우리는 삶을 향유한다. 그것이 신이 원하는 것이기에."라고 대답한다. 이것은 우리가 세상의 고통을 모두 견뎌내려고 하는 책임감만큼이나 깊은 의미의 책임감이다.

이것은 인류에게 일어나는 비극에 대해 눈과 귀를 닫으라는 뜻이 아니다. 그것은 기질과 재능이 시키는 대로 행동하지 말라는 뜻도 아니다. 우리가 어떤 행동을 하던지 깊은 책임감 역시 필요하다는 뜻이다. 시인의 표현처럼 "신이 원하는 것"에 대한 깊은 책임감을 말하는 것이다. 비록 작은 구절이지만 굉장히 많은 의미를 지니는 말이다. 이 시에 들어 있는 모든 의미와 의도를 이해하게 되었을 때, 우리는 이런 질문을 해볼 수 있다. 과연 잭 길버트에게 즐거움, 기쁨, 진정한 행복이란 어디서 오는가? 우리에게 그것들은 어떻게 오는가? 그 질문에 대한 답은 생각보다 훨씬 더 문화적인 측면에 의해 결정된다.

이 질문에 대한 반응은 시대에 따라 달라져왔다. 신을 언급하였기에, 인류의 행복을 관한 길버트의 생각이 영적인 삶의 질적 향상을 의미한다고 생각할 수도 있다. 내세의 행복을 기다리는 것보다 이 세상에서 즐거움을 찾으라고 강조하는 시인의 생각은 행복을 죄로 여기는 것이 어리석다고 생각했던 루터의 주장을 직접적으로 따른 것이다. 반면에, 초기 개신교인들에게 (특별히 앵글로 색슨인에게는 더더욱) 이 땅에서 행복을 경험하는 것은 신의 은총에 대한 표면적인 징후일 뿐이었다. 종교개혁 이전의 천오백 년 동안, 행복은 언제나 사후의 삶에 관한 것이었고 눈물의 골짜기로 표현되는 현세의 삶의 대표적인 이미지는 십자가의 달린 예수였다.

길버트는 독실한 기독교 신자와는 거리가 먼 사람이었지만 그 역시 기독교 관점의 토양 속에서 자라났던 문화의 일부분이었다고 말할 수 있다. 비록 지금의 세상은 모든 종교를 초월한 시대라고 불리며 우리의 근원이 어디로부터 왔는지 잊어버리기 쉬운 시대가 되었고, 시간이 흐를수록 루터와 칼뱅의 주장보다 우리의 행복관념에 더 큰 영향을 주는 것들이 만연한 시대가 되었지만 말이다. 17세기를 지배했던 기독교 사상은 점차적으로 '행복이란 우리의 자연스러운 상태'이며, 삶에 존재하는 행복은 반드시 신의 은총이 있어야만 되는 것은 아니라고 믿는 상태로 발전해왔다. 행복을 위한 조건은 전적으로 자연스러운 경로를 통해서 얻어진다고 믿는 것이다. 18세기에 이르러 이러한 시각은 점점 발전되어 행복이 '자명한 진실'이라고 믿는 생각으로 바뀌었다. 당시 프랑스 백과사전 편찬과정 중 이 주제를 담당했던 아베 페스트레는 이렇게 질문했다. "행복할 권리가 없는 사람도 있는가?" 18세기는 행복을 주제로 쓴 기사, 논설, 논문, 보고서, 책들이 그 전까지의 모든 시대에 쓴 것들을 다 합친 것보다 양이 많았다.

당시에 영국의 사무엘 존슨이나 독일의 임마누엘 칸트처럼, 더 높은 식견을 가지고 있던 사람들도 수많은 원론적인 질문을 던졌다. 만약 행복이 정말 인간의 당연한 권리라면, 세상의 모든 빈곤과 불행은 어떻게 설명해야 할까? 행복이란 그저 기분 좋다고 느끼는 상태인가? 소원을 성취했을 때 느끼는 감정인가? 행복은 고통을 잊을 수 있을 만큼의 기쁨, 그 이상은 아니라는 의미인가? 기분 좋다고 느끼는 것은 정말로 좋아지는 것과 같은 것을 의미하는가? "내가 어떻게 구원을 받을 수 있을까?"와 같은 질문들은 계몽주의 시대에 이르러 "어떻게 내가 행복해질 수 있을까?"와 같은 더욱 현실적인 질문들로 대거 바뀌었다. 계몽주의 시대의 학자들은 이 모든 질문에 대한 해답이 인류를 이해하려는 노력에 의해서만 찾을 수 있다고 믿었다.

행복을 인류의 궁극적인 목표이자 타고난 권리라고 주장했던 18세기 계몽주의로부터 한 세기도 채 지나지 않은 1780년대 말, 필연적으로 절망의 새로운 형태들이 등장하기 시작했다. 심지어 가장 똑똑하고 가장 부유한 사람들에게조차 삶의 고투, 어려움, 실패와 같은 단어들은 아주 친숙한 것이 되었다. 아무리 열심히 노력하여도, 아무리 열심히 생각하여도, 행복은 이해하거나 소유하기 어려운 단어로 남겨졌다. 기쁨을 선함과 동일시하고 모든 고통의 근원이 악으로부터 온다고 생각함으로써, 계몽주의 철학자들은 1800년 동안 이어져온 기독교적 생각에 등을 돌렸을 뿐아니라, 인류 대부분이 꿈꿔왔던 현실이 아닌 실존하는 현실에도 등을 돌렸다. 그 후, 낭만주의가 등장하였고, 가톨릭 종교개혁이 일어났다. 오늘날의 우리는 낭만주의자들을 종교적인 측면이 아닌 정신적인 측면에서 바라본다. 그들은 엄격한 종교적 정설을 대부분 거부한 반면, 이성이나 의지만큼 뚜렷이 보이지는 않지만 훨씬 강력한 어떤 힘이 개인과 집단에게 존재한다는 생각을 받아들였다. 또한, 그들은 고통을 살아 있고 존재한다는 증거로 받아들이며 태어날 때부터 기쁨과 함께 주어진 것이라는 기독교적 관점을 받아들였다.

기쁨은 낭만주의 사조의 핵심이며 끊임없이 거론되는 단어였다. 새뮤얼 콜리지, 윌리엄 워즈워스, 조지 고든 바이런, 프리드리히 쉴러, 랄프 왈도 에머슨, 월트 휘트먼과 같은 사람들은 기쁨이 의지나 이성에서 나온 행위에 의해 자동적으로 만들어지는 것이 아니라고 생각했다. 그런 생각들은 계몽주의 시대에나 맞는 주장이라고 여겼기 때문이다. 그들은 기쁨을 사소한 기분 좋음, 혹은 누려도 죄책감이 들지 않을만한 현세의 즐거움 정도로 여기지 않왔다. 우리 자신들보다 더 위대하고 더 보편적인 것들을 전부 포함하는 것, 표면에는 잘 드러나지 않지만 우리의 본래의 모습보다 더 위대한 개념으로 기쁨을 받아들였다. 낭만주의자들에게 신은 곧 내면의 힘이었다. 우리의 진정한 정체성을 알게 되는 한 가지 방법은 우리의 고난과 세상의 고통을 의식적으로 경험하고 받아들이는 것이라고 생각했다. (자연과 교류하는 것 역시 또 하나의 방법이었다.) 고통에 대한 모든 진실을 받아들임으로써, 우리는 소외감, 단절감을 벗어나 모든 생명들과 함께 우리가 하나(우리가 흡수되어버린 것이 아닌 일부분이 되었다는)라는 일체감을 느끼게 한다고 여겼다. 휘트먼이 그의 시 〈나 자신의 노래〉를 통해 자아도취에 빠져 보여준 기쁨은 굉장히 개인적인 의미의 힘이었지만, 우리가 그 의미에 다가가기 위해서는 세상을 움직이는 보편적인 기쁨과 반드시 연결 지어 생각해야만 한다.

   낭만주의의 기쁨은 상당히 오랫동안 지속되는 영적인 힘(몇몇 기독교인들은 은혜라고도 부르는)처럼 메아리친다. 그렇다고 낭만주의의 기쁨은 신성함이 부여된 종류의 것은 아니다. 그것은 세상 속에 있는 고유한 자연, 그리고 영혼과 함께 그 속에 존재하는 것처럼 언제나 우리와 함께 우리 안에 내재한다. 그것이 바로 우리의 진정한 정체성이며, 만들어 내려고 노력하기보다는 회복해 내고 기억해 내려는 노력이 요구되는 것이다. 어쩌면 우리가 알고 있던 스스로를 어느 정도 희생해야하는 과정이 필요할 수도 있다. 그 과정은 필연적으로 자신과 삶에 관한 환상과 낡아버린 신념을 버리는 고통을 수반한다. 이것은 낭만주의가 그 도전을 받아들인 사람들에게 요구하는 대업이다. 그리고 그에 따른 보상은 먼 세상에서의 행복이 아닌 이 세상에서의 행복이다.

잭 길버트는 낭만주의자들의 생각과 유사한 정신을 가지고 있다. 삶을 가감 없이 음미하고 나서 그 모든 결과마저도 받아들이려는 낭만주의자들과 같다. 신은 길버트의 많은 시 속에 등장한다. 그는 신, 천사, 악마 모두와 씨름한다. 하지만 그의 어떤 작품도 조직화된 특정 종교와 연관되어 있지 않다. (길버트가 말하길, 가능하다면 믿음을 가지는 것이 그에게도 큰 위안이 될 수도 있겠지만, 자신이 종교인은 아니라고 했다.) 오히려 그의 영성은 윌리엄 블레이크의 《천국과 지옥의 결혼》 마지막에 등장하는 격언의 메아리 같다.

살아있는 모든 것이 거룩하기에.

길버트에게 천국은 지옥 없이는 존재할 수 없다. 그리고 그 둘 모두 바로 여기, 우리가 살아온 경험 속에 발견된다.

콜카타의 참혹한 거리에도 매일 웃음소리가 들리고,
뭄바이 빈민촌의 여인들에게서도 웃음이 있다.

우리의 행복과 그들이 박탈당한 것(그리고 그 반대의 경우에도)은 모두 같은 옷감의 일부인 셈이다. 우리는 인생의 달고 쓴 잔을 모두 마실 수 있을 정도의 거룩함과 그 모든 끔찍한 아름다움을 비난이나 원한 없이 삼켜 넘길 정도의 거룩함에 다가서게 된다.

1994년 출판된 길버트의 시모음집 《위대한 불길》에 대해 〈뉴욕 타임즈〉지에 비평을 쓴 파트리샤 햄플은 이렇게 말했다.

> 삶의 모든 욕구들(특히 성적인 사랑, 뿐만 아니라 고독을 향한 열정, 시 그 자체를 위한 열정, 기억의 깨진 장면들을 정확히 복원하려는 열정)은 결국 하나의 위대한 굶주림으로 이해해야 한다. "나는 주님을 향한 나의 길을 갉아먹으려 했다." 이런 장중하고도 절박한 시 속에서의 '주님'은 평생의 축적된 기쁨과 슬픔(혹은 고충)이다.
>
> 무엇이 떠오르던지 그것은 신성한 것이다. 그것이 어린 시절 피츠버그의 기억으로부터 온 것이든, 지중해 연안의 이국적인 태양 아래로부터 온 것이든, 그의 아내의 죽음으로 인한 일본에서의 어두운 기억으로부터 온 것이든 상관없다. 결국에는, "신은 그의 갑옷을 벗고, 우리와 함께 고향에 있다. / 우리는 그 아름다움 아래에 놓인 것으로 되돌아온다." "아름다움 아래"의 놓인 것들은 삶의 충만함과 최고점을 의미하며, 이는 단순한 상실이 아닌 죽음이다.

〈파리비평〉지와의 인터뷰에서, 길버트는 삶의 열망에 대해 이렇게 회고했다. (심지어 어린아이였던 시절에도) "나다운 삶을 살기 전까지는 죽지 않겠다고 마음먹었습니다. 이렇게 말한 셈이지요. 당신이 내 삶을 거두어간다는 것을 알고는 있습니다. 당신은 나를 죽여야 하지요. 하지만 아직은 아니에요."

아직은 아니다. 왜냐면 길버트에게 있어 열망은 감당할 수 없는 적수가 아닌 그를 움직이게 하는 엔진이기 때문이다. 그리고 그것은 최후의 한 방울까지 그의 삶에 생기를 불어넣어 줄 펌프이고, 그의 인생이 어떤 색깔로 드리워지든 그것에 깊이 잠기도록 만들어 줄 것이기 때문이다. 길버트는 시 속의 자신을, 지하세계(지금의 이 세상과 크게 다를 바 없는)를 통과하는 여정에서 방랑하는 시인이자, 음악가인 오르페우스와 자주 동일시했다. 오르페우스는 그가 가는 여정 속에서 노래하고 기뻐한다. 길버트의 시 역시, 그들의 여정 속에서 어둠과 빛과 함께 노래하고 기뻐한다.

오르페우스는 지하세계에서 자신이 지나고 있는 곳이 어디인지 어떻게 알았을까? 미국의 시인 에드워드 허쉬의 시 〈오르페우스: 강림〉 속의 어떤 이가 물었다. 그 대답은 "친애하는 그대여, 그의 왼쪽 가슴의 통증으로부터, / 멀리서 울려 메아리치는 사이렌 소리로부터"이다. 오르페우스는 그의 눈으로, 혹은 앞길에 놓인 증거들로부터 그곳을 이해하지 않는다. 열망으로 가득 찬 그의 가슴속 틀림없는 나침반이 가리키는 방향으로 따라갔다. 이것이 길버트가 따라갔던 그 나침반이다.

우리는 기쁨을 위해 위험을 감수해야만 한다.

우리는 쾌락 없이도 살 수 있다.

하지만 기쁨 없이는, 즐거움 없이는 살 수 없다.

콜리지나 휘트먼도 위와 같이 말할 수 있었을 것이다. 길버트의
기쁨은 가벼운 것이 아니다. 그는 여기서 쾌락주의를 말하는 것
이 아니다. 그보다는, 삶의 기억이 어떻게 보이던지 간에, 우리의
경험 속에 우리를 깊이 잠기게 함으로써 그것을 신성하게 만들라
고 촉구하는 것이다. 깊이 잠기는 것은 삶의 기억에 대해 애정을
가지라는 뜻이다. 우리의 경험이 어떠하였든지, 우리의 기억은
가슴으로만 이해할 수 있는 진동들과 충격들을 포함한다는 뜻이
다. 그것이 바로, 왜 기쁨이 위험을 감수해야만 하는 일인지에 대
한 이유이다. 기쁨은 친숙한 세계로부터 우리를 흔들어 놓을 수
있는 것이다.

길버트는 그의 별이 자신을 어디로 이끌던지 따라갔다. 젊은
시절, 그의 첫 시모음집이 열광적인 극찬 속에 환영받았을 때, 그
는 잠깐 동안 그 인기에 심취했지만, 그리 오래가지 않고 곧 흥미
를 잃었다. 그는 유명세를 얻은 시인의 통상적인 절차와도 같은
교수직이란 특권을 택하는 대신 수십 년간 모습을 감추며 유럽의
곳곳을 돌아다녔으며, 주로 프랑스와 그리스 섬들에서 무일푼 상
태로 지냈다. 그는 성공이나 실패에 대해선 전혀 관심을 보이지
않았으며 시인으로서의 그의 인생에 동력이 될 만한, 때 묻지 않
은 청정한 인생 경험에만 관심을 쏟았다. 연인 관계가 끝나거나,

아내가 죽거나, 고통스럽거나, 기쁜 일들이 일어나는 모든 경험
들을 마음의 눈으로 가감 없이, 어떤 판단도 없이 전적으로 느끼
면서 바라보았다.

이 모든 것에도 불구하고, 우리에게 음악이 있음을 기억해야
한다.

오르페우스의 노래 외에는 아무것도 없다. 길버트는 황홀하거나
끔찍했던 몇몇 사건들뿐만 아니라, 가장 단순하고, 평범하기 이
를 데 없는 순간에서도 음악에 귀 기울이는 것에 그의 삶 전체를
헌신했던 것이다. 〈변론답변서〉의 마지막 몇 줄은 시인이 한동안
머물었던 산토리니 섬을 우리에게 묘사해주는 부분인 것 같다.
이 부분에 이르러 시인은 그동안 이 시의 대부분을 차지하는 가
슴 시리거나 아름다운 극적인 장면을 더 이상 그려주지 않는다.
대신 늦은 밤에 우리를 그와 함께 보트에 태우고 작은 항구에 도
착한다. 그 순간에, 그가 듣고자 하는 것에 동참하다 보면 (그것이
어떤 순간일지라도) 인생의 슬픔은 이미 충분히 보상받았다고 느
끼게 될 것이다. 그 비용이 얼마가 되었던지, 그것은 인생을 살만
한 가치가 있게 만들어 주기 충분한 순간이다.

고요함 가운데 작은 보트 하나가 느리게 오고 가는
그 희미한 노 젓는 소리를 듣는 것이

지금까지, 또 앞으로 올 모든 슬픔의 세월에 견줄 만한
진정한 가치가 있다는 것을.

잭 길버트
Jack Gilbert · 1925–2012

미국 동부 피츠버그 태생인 잭 길버트는 그의 고향 피츠버그와 서부 샌프란시스코에서 학교를 다녔다. 1962년 첫 시집을 출판하자마자, 구겐하임 펠로우쉽에 선발되어 유럽으로 건너가 오랫동안 머물렀으며, 대부분을 그리스에서 살았다. 그의 두 번째 시집 《모놀리토스》가 첫 번째 시집 이후 20년 만에 출간되었을 정도로 길버트는 작품의 성공이나 인기에는 관심을 두지 않았으며, 대도시 뉴욕의 야망보다는 그리스 외딴 섬에서의 삶의 진정성을 더 선호하는 삶을 살았다. 시인 제임스 디키는 언젠가 그에 대해 이렇게 말했다. "잭 길버트는 평안함을 느낄 정도를 넘어 더 깊숙한 곳으로 스스로를 숨겨버린다. 그 지독하게 조용하고 통제된 곳으로부터 야성 가득한 동정심의 시를 가지고 우리에게 돌아온다." 길버트의 시집 《천국을 거절하다》는 2005년에 출간되었고, 전미도서비평가협회상을 수상했다.

9장

。

어쨌든,
사람이란 무엇인가?

이쪽 길입니다

It's This Way

나짐 히크메트

Nazim Hikmet · 1902-1963

나는 전진하는 불빛 속에 서 있습니다.
나의 양손은 굶주려있고, 세상은 아름답습니다.

내 눈으로 그 나무들을 모두 다 볼 수 없지만—
그들은 너무도 희망차고, 너무도 푸릅니다.

태양이 비추는 도로가 뽕나무들 사이로 뻗어있고,
나는 감옥 진료소의 창문 옆에 있습니다.

나는 약품 냄새를 맡을 수 없습니다—.
카네이션이 근처에서 꽃을 피우고 있나 봅니다.

이쪽 길입니다.
붙잡혀 있다는 사실은 중요하지 않습니다.
굴복하지 않는 것이 중요한 것입니다.

어쨌든, 사람이란 무엇인가?

이 짧은 시는 인간정신의 위대한 외침과도 같다. 아무런 희망이 보이지 않을 때에 내지르는, 삶에 대한 그리고 희망에 대한 외침이다. 비록 열한 줄의 짧은 시이지만, 메시지만큼은 그들을 담고 있는 페이지를 훨씬 뛰어넘는 강렬함을 남겨놓는다. 그 여운은 수세기가 지나도 사그라지지 않을 만큼 강하다. 그들은 마치 가장 끔찍한 고통과 속박과 빈곤에 처한 사람들 옆에서 이제 막 피어나려는 초록빛 새싹과도 같다.

　나짐 히크메트는 18년 이상을 정치범 수용소에 수감되어 살았고, 그는 깊고 괴로운 자신의 경험을 가지고 시를 썼다. 나짐은 (오늘날의 터키에서 소개된 것에 의하면) 터키인으로서는 최초이자 가장 위대한 현대 시인이고 20세기의 가장 위대한 국제적인 시인 중 한 명으로 알려져 있다. 나짐이 펜을 들기 전까지, 터키의 시문학은 여러 세기동안 심각하게 형식이 고착되어 시대에 뒤진 채로 남아있었다. 그는 터키어 대화체, 구어체로 시를 쓴 최초의 시인이었다. 그가 쓴 책들이 오랫동안 금지 당했음에도 불구하고, 나짐은 많은 터키 국민들을 가슴 뛰게 했던 첫 작가였다. 문학과 삶에 대한 그의 접근은 월트 휘트먼에 비할만하다. 휘트먼은 맹목적인 애국심을 꼬집는, 소시민을 대변하는 시인이면서도 모든 이유를 넘어 조국을 사랑하기로 고집하는 시인이기도 했다.

나짐은 1950년 세계 평화 평의회에서 국제평화상을 수상했고, 같은 해 파블로 피카소, 폴 로브슨, 버트런드 러셀, 파블로 네루다, 장 폴 사르트르 등이 이끄는 범세계적인 캠페인 덕택에 감옥에서 풀려나게 되었다. 그러나 수감생활에서 풀려난 지 몇 달도 채 되지 않은 1951년에 터키 정부로부터 강제추방 조치되었다. 나짐은 생애를 마칠 때까지 13년을 망명 생활로 보냈으며, 1963년에 묻힌 그의 시신은 후에 고국으로 옮겨지는 날까지 모스크바 땅 아래에 있었다.

나짐은 어린 시절 러시아 국경 근처의 국가에서 자랐으며, 당시 러시아 혁명의 열기는 많은 서방 지성인들에게 영감을 주었다. 나짐도 그 영향을 받은 사람 중 한 명이었으며, 그가 가진 열정으로 인해 오랜 세월을 터키의 정치범 감옥에 수감되어 살았다. 그는 자신의 신념을 주저하지 않고 말하는 인물이었고, 혁명가였으며, 헌신적인 정치 활동가였고, 좌익신문에서 일한다는 이유로 1924년 22살의 나이에 터기 역사상 처음으로 감금된 사회

주의자였다.

나짐은 1902년 그의 아버지가 해외 주재 외무관으로 근무했던 테살로니키에서 태어났고 그 후에는 이스탄불에서 자랐다. 그의 어머니는 예술가였고 고위 공무원이었던 할아버지는 시인이기도 했다. 친구들과 주변인들의 영향으로 나짐은 일찍부터 시문학을 접했으며, 열일곱이 되던 해에 첫 시집을 발표했다. 그의 작품 전체에 흐르는 주요 주제는 모든 상황을 넘어선 지치지 않는 삶에 대한 확신이었다.

나는 전진하는 불빛 속에 서 있습니다.
나의 양손은 굶주려있고, 세상은 아름답습니다.

나짐에게 빛은 언제나 전진하는 존재이다. 그는 세상의 아름다움을 보기 위해 애쓰는 중이며, 그의 손은 언제나 그것을 만져보고, 친밀해지기 위해 굶주려있다. 그러나 시인이 단지 긍정적인 주장을 펼치는 것이라고 생각하지는 말자. 그는 자신의 슬픔을 무시한 채로 그냥 지나치는 사람이 아니었다. 그의 시 〈자서전〉을 통해 나짐은 이렇게 말했다.

어떤 사람들은 식물에 대한 많은 것을 알고, 물고기에 대해서도 조금 압니다.
저는 이별을 압니다.

몇몇 사람들은 별자리들의 이름을 외우고 있습니다.
저는 그 사이의 빈 곳들을 낭송합니다.

그는 또 다른 시 〈감옥에서 시간을 보낼 이들을 위한 몇 가지 조언〉에서 이렇게 말했다.

꼭 즐겁지만은 않은 일이 될 수도 있습니다.
그러나 하루를 더 살아내는 것은,
적을 괴롭게 하기 위한,
당신의 신성한 의무입니다.
당신의 일부는 마치 우물 바닥에 놓인 돌처럼
그 속에서 홀로 지내고 있습니다.
하지만 당신의 나머지 부분은
당신을 덜덜 떨게 할
그 세상 눈보라 속에서
그렇게 붙잡혀 있어야 합니다.
40일 거리의 바깥 멀리서 나뭇잎 하나가 움직이는 동안에도.

"우물 바닥에 놓인 돌처럼 / 그 속에서 홀로 지내는"것이 어떤 것인지 나짐은 잘 알고 있었다. 만약 당신이 오랜 시간을 감옥 독방에 갇혀 어렴풋이 보이는 하늘만 가끔 볼 수 있게 된다면, 당신도 우물 바닥에 놓인 돌처럼 사는 삶이 어떤 것인지 이해할 것이다. 그럼에도 불구하고 그는 삶의 더 큰 꿈을 향해 마음을 열기로 고집한다. 육체적인 고난에 의해 생겨난 그의 꿈은 세상을 포용하는 존재가 되는 것이다. 그의 대담한 긍정주의는 혹독한 시험을 받으면서도, 시 속에서 계속해서 노래하고 있다. 이 시의 그 다음 구절에서 말하는 것처럼, 그것은 오로지 다음과 같을 때에만 가능한 일이다. ― 10년, 15년, 혹은 얼마나 오랜 시간이 필요하든지 ―

> 당신 가슴 왼쪽에 위치한
> 그 보석이 그 빛을 잃어버리지 않는 한!

이 부분에서 나짐이 주시하는 것은 그의 일상적 정체성보다 더 깊숙한 어떤 것이다. 그동안 그가 겪었던 고통과 고난으로 인해 이미 오래전에 부서진 채로 방치되었던 피상적인 모습보다 더 깊은 것 말이다. 톰 웨이츠의 노래 〈당신 마음속의 다이아몬드〉°를 듣다보면 시인의 심정을 이해할 수 있을 것 같다. 물론, 나짐이 더 구체적으로 다음과 같이 말하기는 했지만 말이다. ― 마음속에서 그 광채를 유지할 필요가 있는 것은 바로 생각이다. 우리 스스로

° 각 절에서 인생의 다양한 상황들을 묘사하면서, 마음속의 다이아몬드를 항상 간직하라는 반복적인 문장의 후렴으로 끝나는 발라드 곡이다. 특유의 쉰 목소리를 가진 가수 겸 배우인 톰 웨이츠가 2003년에 녹음, 2007년에 발표했다_옮긴이

는 작은 존재이며, 전체의 일부분일 때에 더 중요해진다는 진리
를 내면으로부터 깨달을 때에만 비로소 가능하다.

　여기에 우리 모두와 살고 있는 한 생명이 있다. 그리고 그것이
월트 휘트먼이 〈나 자신의 노래〉에서 말하려는 이유이다.

　　어쨌든, 사람이란 무엇인가? 나는 무엇인가? 당신은 무엇인
　가?

　　내 것이라고 내가 표시한 모두를 당신이 당신 힘으로 균형
　잡아야 한다, (……)

　　나의 발판은 화강암으로 만든 꺽쇠로 단단히 이어붙여져
　있다,
　　나는 당신이 소멸이라 부르는 것을 비웃는다,
　　그리고 나는 시간의 광대함을 알고 있다.

바로 이것이, 감옥에 갇혀있었을 뿐만 아니라 심지어 진료소에
누워있던 나짐이, 나무의 푸름과 태양이 비추는 도로와 쑥쑥 자
라는 뽕나무들에게 그토록 친숙함을 느끼는 이유이다. 바로 이것
이, 그가 보관함에서 풍기는 약품 냄새보다 카네이션의 향기를
더 강하게 느낀 이유이다. 바로 이것이, 내 인생에서 실제로 벌어
졌던 일, 그러니까 2009년 테헤란에서 며칠 동안 나를 감금했던

이란 심문자들에게 내가 인간적인 동질감을 느꼈던 이유이다. 그
들을 비난할 수 없었다. 오히려 그 상황 속에 함께 갇힌 우리들을
발견하면서 나와 그들을 향한 측은함의 온기를 느꼈다. (나의 포
로생활 이야기는 나의 다른 저서《삶은 전투가 아니다》에서 자세히 다루
고 있다.)

　나짐의 시 마지막 부분은 마치 종소리처럼 메아리친다.

　　이쪽 길입니다.
　　포로로 잡힌 사람들은 이 곳 옆에 있습니다.
　　이 곳은 항복하려는 사람들의 장소가 아닙니다.

우리는 감옥에 던져져 갇힌 상황이 생길 수도, 혹은 일상의 여러
가지 상황 속에 볼모로 붙잡혀있을 수도 있다. 질병, 이혼, 생계수
단의 결핍, 가족의 죽음, 혹은 우리 앞길을 가로막은 어떤 장애물
로 인해서 시야가 자유롭지 못할 수도 있다. 그 어느 것들도 순순
히 넘어가 주지 않는다. 어떤 일들은 때때로 우리를 깊은 슬픔의
웅덩이에 빠지게도 한다. 나짐은 그것이 사람으로서 살아갈 때
일어날 수밖에 없는 일이라고 말한다. 그러나 그게 그의 핵심이
아니다. 그가 말하고자 하는 것은 당신의 가슴 왼편에 위치한 보
석을 기억하라는 것이다. 인생은, 우리를 좁은 시야로 가두는 각
각의 사건들보다 언제나 더 크다는 것을 기억하는 것이다.

우리가 가진 힘 중에 가장 불가사의한 것은
삶을 향한 용기이다.
우리가 죽을 것이라는 사실을 알면서도,
그보다 더 자명한 진실은 없다는 것을 알면서도.°

° 나짐 히크메트, 〈눈 내리는 밤, 숲속에서〉,《나짐 히크메트 시집》

나짐 히크메트

Nâzim Hikmet · 1902-1963

이스탄불에서 자란 나짐은 제1차 세계대전 이후 터키를 떠나 모스크바에서 생을 마감했다. 그 곳에서 그는 대학을 다녔고 전 세계의 작가, 예술가들과 교류했다. 1924년 터키의 독립 후, 그는 터키로 귀국했지만 얼마 지나지 않아 좌익 잡지사에 일한다는 이유로 체포되었고 러시아로 탈출에 성공하여 그 곳에서 희곡과 시집을 썼다. 1928년 일반사면을 통해 나짐은 터키로 돌아와서 교열가, 저널리스트, 각본가, 번역가 등의 일을 하며 10년 동안 9권의 시집(5권의 모음집과 4권의 장편 시집)을 출판했다. 급진파적 활동으로 인한 오랜 감옥살이를 마지막으로 1951년에 그는 터키를 떠나 소비에트 연방과 동유럽에 체류하면서 공산주의 이념의 이상적인 세상을 위해 작품 활동을 계속 이어나갔으며, 1963년에 모스크바에서 심장마비로 사망했다. 그는 터키의 첫 현대 시인이었으며, 20세기 가장 위대한 국제적 시인 중 한 사람으로 추앙받고 있다.

10장

。

다른 무엇이
말합니다

수태고지

Annunciation

마리 하우

Marie Howe · 1950-

비록 다시는 볼 수 없다 하더라도 — 다시는 느낄 수 없다 하더라도,

나는 무엇인지 알고 있다 — 단 한번이라도 나에게 쏟아 내렸다면,

그것이 실제였다는 것을 —

그래서 그 쪽을 향해 방향을 바꾼 것은 나 자신이었다.

장소를 향한 것이 아닌, 내 안에서의 기울임이었다.

마치 누군가가 거울을 돌려 빛이 없는 곳으로 빛을 비추듯

— 나는 그렇게 눈이 멀고 — 그리고

나를 비추는 것 안에서 허우적거린다.

오로지 아무도 아닌 존재가 되는 것으로만 견뎌낼 수 있기에

나의 경우, 죽게 될 것이라 생각했다.

그렇게 사랑받음으로 인해서.

다른 무엇이 말합니다

나짐 히크메트 시의 몇 줄을 되뇌며, 마리 하우는 (〈프레쉬에어〉지의 테리 그로스와의 인터뷰 중에서) 이렇게 말했다. "시는 우리가 살아있다는 것과, 우리는 죽는 존재라는 지식을 담고 있습니다. 생명의 가장 신비스러운 측면은 아마도 그것일 것입니다. 시는 그 진리를 알고 있지요." 하우의 시들은 우리가 온전히 이곳에 존재하지만, 머지않아 사라질 존재라는 위대한 신비에 대해 증언한다.

　그녀의 시 〈수태고지〉°는 존재의 신비를 가지고 진실을 꿰뚫는다. 이 시는 내가 여태껏 읽었던 시 중에서 가장 예리한 관통력과 깨우침을 가지고 있다. 이 시는 나에게 인간으로서 우리에게 무엇이 가능한지에 대한 경외심을 남겨놓는다. 이 시는 완전히

° 천사가 마리아에게 예수의 잉태를 알린 사건_옮긴이

불가사의하면서도 동시에 깊은 친숙함을 가진 신비에 관해 말하고 있다. 여기서의 친숙함이란 우리의 일상적인 경험을 초월하는 영역으로부터 은혜의 간섭을 받았을 때 느끼게 되는 그런 종류의 친숙함을 말한다. 〈수태고지〉는 온갖 어려움과 시험으로부터 우리의 시선을 들어내서 모든 도덕적, 윤리적 관점 너머로 옮겨놓는다. 그리고서는 삶의 묵직한 무게로 인해 쉽게 먹구름이 드리워지는 우리를 어디로부터 온 것인지도 알 수 없는 은혜와 지혜로 씻겨낸다. 〈수태고지〉는 — 13세기 시인 잘랄루딘 루미의 표현, "인간의 몸 위에 내려진 영적인 어루만짐"처럼 — 우리를 위해 존재하는 유산과도 같다. 하우가 제시하는 매일의 기적은 어디에나 어느 누구에게나 가능하다.

이 시는 하우의 저서 《일상적 시기의 왕국》에 수록되어 있으며, 〈마리아의 삶으로부터 지은 시〉라고 제목 붙은 부분에 등장한다. 이 시 속의 무엇이 마리아를 어루만졌든지 간에, — 하우의 이야기는 성경의 그것과는 다르다. 천사들의 등장이나 그리스도에 대한 언급도 없으며, 마리아 자신은 여느 여인들과 다를 바 없는 평범한 여인이다. 마리아의 머릿속은 방금 그녀에게 일어난 불가사의한 사건에 대한 두려움 때문에 속으로만 말하고 있을 뿐이다. — 그 접촉은 너무도 실제적이고 명백해서 그녀가

비록 다시는 볼 수 없다 하더라도 — 다시는 느낄 수 없다 하더라도,

　　나는 무엇인지 알고 있다 ─ 단 한번이라도 나에게 쏟아 내
　렸다면,
　　그것이 실제였다는 것을 ─

이라고 말하기에 충분했다. 그녀가 잠깐 맞닥뜨렸던 그 사건이
그녀에게 언제든지 계속 생길 수 있다는 것을 깨달았다. 그래서
그것의 출현이 그녀를 다시 축복해주기를 가만히 기다리지 않고,
그것을 향해 방향을 돌릴 필요가 있다고 깨달았다. 그녀는 그것
이 어떤 초감각적인 능력이나 유체이탈이거나 향정신성 경험으
로부터 온 것이 아니라, 눈으로 보고 손으로 만지는 그녀의 신체
적인 감각으로부터 온 것이라는 것을 알고 있었다. 그렇다면 그
것이 무엇이든지, 현세의 것인 동시에 초월적인 존재일 것이다.
하우는 사랑에 관한 글을 남긴 중세의 신비주의자 야코포네 다
토디의 표현을 메아리치게 한다.

　　다섯 가지 방법으로 당신은 나를 마주한다.
　　듣고, 보고, 맛보고, 만지고, 향기를 맡고.
　　드러나는 것을 하나도 놓치지 않으니,
　　나는 당신으로부터 숨을 수 없다.°

　　　° 야코포네 다 토디, 〈영혼이 만물 중에서 감각들을 통해 신을 찾
　　　는 법〉

마리 하우의 작품은 어떻게 평범한 사람에게 초월적인 사건이 매 순간 생기는지 묘사한다. 만약 우리가 그것을 그런 관점으로 바라볼 수 있을 때에 말이다. 그녀는 종교적 주제에 대해 당당하게 말하는 요즘 시대의 몇 안 되는 시인들 중 한 명이다. 하지만 그녀의 관심은 몇몇 고상한 종교적 경험이나 종교적 신조, 물려받은 믿음 등이 아닌 언제나 일상생활의 세속사에 있다. 그녀의 또 다른 시 〈살아있는 존재가 하는 일〉은 남동생의 죽음에 대해 다음과 같이 말하고 있다.

> 그러나 유리창에 비친 희미한 내 모습을 붙잡으려고 할 때에, 누군가가 거니는 순간, 그런 순간들이 있다.
> 비디오 대여점 구석진 창문에서 말한다. 그리고 내가 그토록 소중히 간직하는 것이 나를 붙들었다.
> 흩날리는 내 머리카락, 거칠어진 얼굴, 그리고 단추가 풀린 코트 속의 나는 말이 없다.
> 나는 살아 있고, 너를 기억한다.

그녀의 저서 《일상적 시기의 왕국》에 〈수태고지〉가 수록된 것은 결코 우연이 아니다. 마리 하우는 아일랜드 가톨릭 집안에서 자라, 어린 시절부터 가톨릭 의식에 깊이 영향 받았다. 그녀는 다니던 학교(세크리드 하트 아카데미) 합창단에서 바흐의 미사를 불렀으며, 그 아름다운 경험에서 눈물 어린 감동을 경험했을 것이다. 이 시는 그녀에게 있어 순수한 기도와 같다. 그녀의 표현대로 "높으신 능력을 향해, 위대한 영靈을 향해, 내 모든 것을" 노래한다.

'일상적 시기Ordinary Time'라는 표현은 그녀의 책의 목적을 가리킬 뿐만 아니라, 종교적인 것과 세속적인 것 사이에 위치한 그녀의 일반적인 관심사를 가리키기도 한다. 로마가톨릭교회 전례력에서, '일상적 시기'라는 어휘는 성찬 의식이 없는 안식일들을 말한다.° 가톨릭 전례의식 중 '통상문Ordinary'은 미사의 일부분으로, 절기에 따라서 바꾸지 않는 예식이다. 따라서 말 그대로 '일상'이라는 뜻과 더불어, 이 단어가 지칭하는 특정한 의미를 섞은 이중적 표현을 하우가 쓰고 있는 셈이다. 메리 올리버가 그녀의 시 〈유념〉을 통해 말하려는 '일상'을 말이다.

흔한 것, 아주 단조로운 것,

매일 소개되는 것들.

〈수태고지〉는 마리아의 삶을 현대적 시각으로 바라보고 쓴 시다. 마리아가 수태고지를 경험하고 난 후, 방금 일어난 일에 대해 반

° 한국 천주교와 개신교에서 '연중시기'라고도 부르는 이 시기는 한 해를 구성하는 교회력의 여러 절기(성탄절, 부활절, 강림절, 고난절, 사순절 등등)들 중, 어떤 절기에도 해당되지 않는 중간 기간을 의미한다_옮긴이

응을 보이는 순간을 상상하면서 하우는 이 시를 쓴 것이다. 다시 말하지만, 이 시에는 예수나 천사에 대한 언급도, 어떤 종류의 성경적 인용 문구도 없다. 하우의 '마리아'는 보통 여인이며, 그녀의 마음은 신비스런 현상으로 인한 두려움으로 인해 속으로만 말하고 있을 뿐이다.

〈영성과 건강〉지의 킴 로젠과의 인터뷰에서 하우는 이렇게 말했다.

마리아의 목소리로 표현된 이와 같은 시들은 정말로 또 하나의 목소리가 말하고 있는 겁니다. 제가 4편의 시를 나의 멘토, 스탠리 쿠니츠에게 보여주었을 때 그가 말하더군요. "이제는 수태고지에 대한 시를 써야겠는 걸." 저는 말했습니다. "도저히 못 하겠어요! 저는 마리아의 혼란스러움에 대해 쓸 수도 있을 것 같고, 그녀가 일시적으로 무언가를 보게 된 일에 대해서도 쓸 수 있을 것 같은데, '수태고지'에 대해서는 못 쓰겠어요."

시도는 해봤어요. 그 주제로 여러 편의 시를 잔뜩 쓰고 나서 버려버렸지요. 그리고 매번 그렇듯 포기했어요. 그 때, 이런 목소리가 들렸어요. *"비록 다시는 볼 수 없다 하더라도 — 다시는 느낄 수 없다 하더라도, 나는 무엇인지 알고 있다."* (……)

정말 큰 기쁨은 나의 의지가 바닥났을 때 오더군요. 바로 그 때에, 다른 무엇이 말합니다.

"다른 무엇이 말합니다." 이 말이 곧 수태고지이다. 보통 이런 일은 작가들이 텅 빈 페이지를 눈앞에 두고 포기하게 되었을 때 일어난다. 다양한 분야의 예술가들 대부분이 이 같은 현상을 경험한다. 우리도 각자의 방식으로 이와 비슷한 경험을 한다. 영국의 시인 데니스 레버토프는 동명의 시 〈수태고지〉에 이렇게 썼다.

대부분의 인생들 중에, 이와 같은, 혹은 다른 종류의
수태고지들이 없었던 적이 있었던가?

정말로 그러하다. 우리는 어떤 순간에도 축복받을 수 있다. 그동안 잘 포장된 생각들과 감정들, 희망과 공포 속에 들어있는 친숙한 정체성보다 훨씬 더 광대한 우리 자신들을 깨닫기 시작한다면 말이다. 우리의 생각이 미처 깨닫지 못하는 것(어떠한 경우에도 우리는 사랑받고 있다는 것)을 이미 알고 있는 음성과 함께, 다른 무엇이 말하고 있다는 것을 깨닫기 시작하면 말이다.

이제 이 책을 마무리하면서, 나는 잠시 여운에 잠긴다. 이럴 때, 아래와 같은 비범한 문장들로 당신의 경험의 풍미를 맛보는 것이 어떻겠는가? 참으로 신비하면서도, 한편으로 가슴 아리게 공감되는 부분이다.

그래서 그 쪽을 향해 방향을 바꾼 것은 나 자신이었다.
장소를 향한 것이 아닌, 내 안에서의 기울임이었다.

마치 누군가가 거울을 돌려 빛이 없는 곳으로 빛을 비추듯
— 나는 그렇게 눈이 멀고 — 그리고
나를 비추는 것 안에서 허우적거린다.

오로지 아무도 아닌 존재가 되는 것으로만 견뎌낼 수 있기에
나의 경우, 죽게 될 것이라 생각했다.
그렇게 사랑받음으로 인해서.

하우는 그녀 속에서의 "기울임"을 느꼈다. 말하자면 재조정이다. 그녀의 내적 시선과 깨달음을 다시 조정하여 원래 위치로 되돌리고, 그 빛으로 그녀를 눈멀게 한다. 그녀의 익숙했던 자아는 앞을 볼 수 없어야 한다. — 그녀는 아무도 아닌 존재가 되어야 한다. — 그래야 그녀가 언제나 영원히 사랑받고 있다는 것을 확실히 알고 있는 고유한 중심(진짜 본모습)을 경험하게 된다. 우리도 각각 우리만의 방법대로

단 한번이라도 나에게 쏟아 내렸다면,
그것이 실제였다는 것을 —

깨닫게 된다.

마리 하우
Marie Howe · 1950–

시인 스탠리 쿠니츠는 "하우의 길고, 깊게 호흡하는 문장들은 우리와 동시대에 살면서도 여전히 신성함의 손길을 가지고 있는 여성만이 유일하게 접근 가능한 방법으로 육체와 정신의 불가사의를 전달한다."고 말했다. 하우의 시는 〈더 뉴요커〉, 〈월간 아틀란틱〉, 〈하버드비평〉지 등을 포함한 여러 출판물을 통해 소개되었다. 그녀는 2017년 《막달라의 시》를 포함해 수많은 시모음집 낸 시인이다. 그녀의 작품은 친밀함, 증언, 정직함, 관계의 주제를 주로 다룬다.

작년 3월 말, 물러날 생각이 없는 꽃샘추위로 꽤 쌀쌀한 봄이었던 것 같다. 우연한 계기로 로저 하우스덴의 '10편의 시' 시리즈 중 한 권을 읽게 된 때 말이다. 2004년에 출간된 그 책의 제목은 《Ten Poems To Last A Lifetime(가슴속에 평생 남을 10편의 시)》이었는데, 시리즈 중 네 번째로 발표된 책이었다. 당시 로저 하우스덴은 바로 그 책이 '10편의 시' 시리즈의 마지막이 될 것이라 밝혔다. 애정을 쏟은 시리즈를 마무리하려니 좋은 시를 하나라도 더 소개하고픈 마음이 들었던 것일까? 제목과 다르게 그 책에는 한 편의 시가 더 추가되어 총 11편의 시와 해설이 담겨 있었다. 흥미롭게도 마지막이 될 줄 알았던 《Ten Poems To Last A Lifetime》의 출간 이후로도 시리즈는 계속 이어져 2007년, 2012년, 2018년을 거쳐 네 권의 책이 더 출간되었다. 현재까지는 《힘들 때 시》의 원서

이자 2018년 3월에 출간된 도서《Ten Poems for Difficult Times》가 '10편의 시' 시리즈의 마지막을 장식하고 있다.

만약 누군가가 나에게 이 책을 읽은 소감에 대해 물어본다면, 아마 뿌듯한 마음으로 잘 알려지지 않은 숨은 맛집을 말해주는 기분이 들 것 같다. 좋은 식재료에 훌륭한 솜씨를 가진 요리사의 정성이 들어간 음식을 자랑스럽게 소개하듯, 좋은 시를 고르고 독자가 충분히 즐거움을 누리기를 바라는 저자의 정성 어린 해설을 곁들인 책이라고 말할 수 있을 것 같다. 혹시 누가 들으면 내가 원래 시를 좋아하는 사람이었냐고 대꾸할지도 모르겠다. 하지만 그건 아니라고 확실히 말할 수 있다. 나는 시를 좋아한다고, 혹은 싫어한다고 말할 수 있을 만큼 시에 대해 진지하게 생각해 본 적이 없는 사람이었던 것 같다. 시를 써보려고 책상에 앉아 분위기를 잡아본 적도, 교양 있는 척 유명한 시의 몇몇 구절을 외워 읊어본 기억조차 없다.

그런 내가 시를 좋아하는 사람이 되었다. 그리고 심지어 내 주변의 많은 것들이 시처럼 느껴지기도 한다. 깊은 여운을 남기는 영화의 명대사가 시처럼 느껴지고, 마음을 건드리는 노래의 가사가 시처럼 느껴진다. 어쩔 땐 아름다운 바깥풍경을 보며 그럴싸한 시구를 지어내기도 한다. 그럴 때면, 시를 만나기 이전으로 결코 되돌아갈 수 없게 만드는 시의 위력에 대해 말한 저자의 머리말이 생각난다. 그렇다고 내가 거기에 등장하는 '평생 한 번도 시를 읽어보지 않은 사람'도 아닌데 말이다.

그 이유가 뭘까? 음악에 관련된 직업을 가진 나로서는 그럴듯한 한 가지 이유를 말할 수 있을 것 같다. 세상에는 정말 다양한 역할의 음악가가 존재한다. 그 중에는 뛰어난 작곡 실력으로 사람들에게 명곡을 선사하는 작곡가도 있을 것이고, 또 청중과 작곡가 사이에 서서 양쪽의 소통이 원활해지도록 멋진 안내자 역할을 하는 연주가도 있을 것이다. 로저 하우스덴은 마치 작곡가의 명곡을 훌륭히 소개시켜주는 명연주자의 역할을 하고 있는 것이 아닐까?

분명히 이 책은 읽는 이를 위해 쓰인 책이라고 말할 수 있다. 각 시리즈마다 특정 주제에 따라 훌륭한 시 10편을 뽑고, 독자가 충분히 이해하고 공감하도록 예시와 비유, 배경설명을 넣어 그리 길지 않은 분량으로 구성하였다. 각각의 챕터는 열 페이지 내외이다. 대중교통을 이용하거나 가벼운 산책을 나갈 때, 들고 다니면서 편하게 읽을 수 있도록 만든 저자의 배려가 느껴진다. 그렇다고 시를 소개함에 있어서 결코 가벼운 태도를 취한 것도 아닌데 말이다. 우리에게 시가 꼭 필요한 것이라고 말하는 저자의 주장만큼, 그 역할을 잘 해내는 책이라는 생각이 든다. 그래서 나는 기쁜 마음으로 이 책을 사람들에게 추천할 수 있을 것 같다. 앞서 말했듯이 숨은 맛집을 소개하고 그 훌륭한 음식을 맛보는 사람의 행복한 표정을 보며 내 마음도 훈훈해지듯 말이다. 그리고 당신이 이 책을 읽을 때, 맛있는 음식을 음미하듯 천천히 곱씹으며 읽어주었으면 좋을 것 같다.

이 책을 번역하기까지 도움을 주신 많은 분들에게 감사함을 전하고 싶다. 하나님께, 그리고 부모님께 감사드린다. 숭의여자대학교 교수님들과 나의 학생들에게도, 그리고 소중한 나의 동료 음악가들에게도 고마움을 전하고 싶다. 마지막으로, 시문학에 관해 여러모로 부족함이 많은 사람임에도 불구하고 작업을 잘 마칠 수 있게 협조해주신 소담출판사에게도 특별한 감사의 말씀을 전한다.

2019년 4월 남산에서
문형진